VERÃO ARDENTE

Livros do autor publicados pela **L&PM** EDITORES

A forma da água
O cão de terracota
Sequestros na noite
O método siciliano
Verão ardente

ANDREA CAMILLERI

VERÃO ARDENTE

Tradução de Joana Angélica d'Avila Melo

L&PM EDITORES

Texto de acordo com a nova ortografia.

Título original: *La vampa d'agosto*

Tradução: Joana Angélica d'Avila Melo
Capa: Ivan Pinheiro Machado. *Ilustração*: Andy Bridge
Preparação: Mariana Donner da Costa
Revisão: Patrícia Yurgel

CIP-Brasil. Catalogação na publicação
Sindicato Nacional dos Editores de Livros, RJ.

C19v

Camilleri, Andrea, 1925-2019
Verão ardente / Andrea Camilleri; tradução Joana Angélica d'Avila Melo. – 1. ed. – Porto Alegre [RS]: L&PM, 2025.
248 p. ; 21 cm.

Tradução de: *La vampa d'agosto*
ISBN 978-65-5666-580-1

1. Ficção italiana. I. Melo, Joana Angélica d'Avila. II. Título.

25-97679.0 CDD: 853
CDU: 82-3(450)

Meri Gleice Rodrigues de Souza - Bibliotecária - CRB-7/6439

Rua Comendador Coruja 314, loja 9 – Floresta – 90.220-180
Porto Alegre – RS – Brasil / Fone: 51.3225.5777

Pedidos & Depto. Comercial: vendas@lpm.com.br
Fale conosco: info@lpm.com.br
www.lpm.com.br

Impresso no Brasil
Primavera de 2025

Um

Ele estava num sono tão pesado que nem mesmo tiros de canhão o acordariam. Ou melhor: um canhão, não, mas o toque do telefone, sim.

Um homem que em nossos dias vive num país civilizado como o nosso (hahaha), se no meio do sono ouvir tiros de canhão, certamente os toma por uma trovoada, tiros para a festa do santo padroeiro ou movimentação de móveis por parte daqueles babacas que moram no andar de cima, e continua tranquilamente a dormir. Mas o toque do telefone, a musiquinha do celular, a campainha da porta, esses não, esses são ruídos de chamada à qual o homem civilizado (hahaha) não pode evitar atender, emergindo das profundezas do sono.

Assim sendo, Montalbano se levantou da cama, olhou o relógio, olhou pela janela, constatou que faria um calorão e foi até a sala de jantar, onde o telefone tocava desesperadamente.

– Salvo, mas por onde você andava? Estou ligando há meia hora!

– Desculpe, Livia, eu estava embaixo do chuveiro, não escutei.

Primeira mentira do dia.

Por que a tinha dito? Por vergonha de dizer a Livia que ainda estava dormindo, ou porque não queria magoá-la admitindo que havia sido acordado por aquele telefonema?

– Foi ver a casinha?

– Mas, Livia! Ainda não são nem oito horas!

– Desculpe, mas estou tão impaciente pra saber se vai ser legal...

O problema tinha começado umas duas semanas antes, quando ele teve de comunicar a Livia que na primeira quinzena de agosto, ao contrário do que haviam combinado, não poderia arredar pé de Vigàta porque Mimì Augello precisara antecipar as férias por causa de uma complicação com os sogros. A coisa não tinha provocado os efeitos devastadores que ele temia, afinal Livia queria bem a Beba, a mulher de Mimì, e ao próprio Mimì. Ela reclamou um pouquinho, isso sim, e Montalbano se convenceu de que a história havia acabado ali. Mas se enganava, e muito. No telefonema da noite seguinte, Livia tinha vindo com uma conversa inesperada.

– Procure logo uma casa, dois quartos e sala, bem em frente ao mar, aí por perto.

– Não entendi. Por que deveríamos nos deslocar de Marinella?

– Como você é tapado, Salvo, quando quer ser tapado! Estou falando de uma casa para Laura, o marido e o filhinho deles.

Laura era a amiga mais íntima de Livia, a amiga a quem ela confiava os mistérios gozosos e até aqueles um tantinho menos gozosos.

– Eles vêm pra cá?

– Sim. Não gostou da ideia?

– Nada disso, você sabe muito bem que eu simpatizo com Laura e o marido, mas...

– Explique esse *mas*.

Arre, que saco!

– Achei que finalmente poderíamos ficar um tempinho sozinhos e...

– Hahahaha!

Risada tipo bruxa de Branca de Neve e os Sete Anões.

– Por que você está rindo?

– Porque você sabe muitíssimo bem que quem vai ficar sozinha sou eu, eu, entende?, enquanto você vai passar o dia e talvez também a noite no comissariado, às voltas com o assassinado da vez!

– Nada disso, Livia! Aqui, em agosto, com o calor que faz, até os assassinos esperam o outono.

– Que história é essa? Uma piada? Eu deveria rir?

E assim começara a longa pesquisa, com o auxílio, não resolutivo, de Catarella.

– Dotor, achei em Pezzodipane uma bitação como vossenhoria tá procurando.

– Mas Pezzodipane fica a dez quilômetros do mar!

– É verdade, mas em compensativo tem um lago artificioso.

Ou então:

– Livia, achei um apartamentinho bem gostoso, numa espécie de condomínio que fica...

– Apartamentinho? Mas eu lhe pedi, com todas as letras, uma casa.

– E o apartamentinho não é uma casa? Então é o quê? Uma barraca?

– Não, apartamentinho não é casa. São vocês, sicilianos, que fazem confusão e chamam de casa um apartamento, ao passo que eu, quando digo casa, me refiro a uma casa. Quer que eu explique melhor? Você deve procurar uma pequena *villa* para uma família.

Nas agências de Vigàta, riram na cara dele.

– E o senhor, em 16 de julho, pretende achar para 1º de agosto uma *villa* em frente ao mar? Ora, já está tudo alugado!

Mas lhe pediram que deixasse o número do telefone: se por acaso, no último instante, alguém desistisse, avisariam. E o milagre aconteceu justamente quando ele já tinha perdido a esperança.

– Alô, dr. Montalbano? Aqui é da agência Aurora. Ficou livre uma *villa* como o senhor procura. É em Marina di Montereale, no distrito de Pizzo. Mas o senhor tem que vir logo aqui, vamos fechar daqui a pouco.

Ele abandonara no meio um interrogatório e saíra correndo. Pelas fotos, o imóvel parecia exatamente do jeito que Livia queria. O sr. Callara, dono da agência, combinou que na manhã seguinte, por volta das nove, viria buscá-lo para lhe mostrar a *villa* que ficava pelas bandas de Montereale, a menos de dez quilômetros de distância de Marinella.

Montalbano refletiu que dez quilômetros de estrada para Montereale, em pleno verão, podiam significar tanto cinco minutos de carro quanto duas horas, a depender do trânsito. Paciência: Livia e Laura deviam se dar por satisfeitas, aquilo era o que havia.

Assim que o comissário entrou no carro, o sr. Callara começou a falar, e não parou mais. Começou pela história recente, contando em detalhes como a *villa* havia sido alugada a um tal de Jacolino, que era funcionário em Cremona e havia pagado o sinal regulamentar. Mas, justamente na tarde anterior, esse Jacolino tinha telefonado para a agência informando que a mãe de sua mulher sofrera um acidente, motivo pelo qual eles não podiam mais se ausentar de Cremona. E, por conseguinte, o pessoal da agência telefonara a ele, Montalbano.

Em seguida, o sr. Callara enveredou pela história passada, a saber: contou, com riqueza de detalhes, como e por que a *villa* havia sido construída. Cerca de seis anos antes, um setentão chamado Angelo Speciale, nascido em Montereale, mas que passou a vida trabalhando na Alemanha, havia decidido erguer aquela *villa* para morar, quando voltasse definitivamente ao seu país com a esposa alemã. A esposa alemã, que se chamava Gudrun, era uma viúva que tinha um filho de vinte anos chamado Ralf. Claro? Claro. Angelo Speciale, que veio a Montereale acompanhado pelo enteado Ralf, durante um mês inteiro procurou um terreno a seu gosto, afinal o encontrou e o comprou, encomendou o projeto ao técnico em edificações Spitaleri e esperou mais de um ano até que a construção ficasse pronta. Ralf permaneceu sempre com ele.

Depois, os dois retornaram à Alemanha a fim de providenciar a mudança dos móveis e do restante para Montereale. Mas aconteceu uma coisa estranha. Como Angelo Speciale não gostava de avião, eles foram de trem. Quando chegou à estação de Colônia, porém, o sr. Speciale não encontrou mais o enteado, que viajava no leito acima do seu. A mala de Ralf estava na cabine, mas não havia sinal dele. O encarregado da noite disse que não o viu desembarcar nas paradas anteriores. Em resumo, Ralf tinha desaparecido.

– E depois o encontraram?

– Que nada, doutor! Desde então, não se soube mais nadica de nada sobre esse rapaz.

– E o sr. Speciale veio morar na casa?

– Aí é que está! Nunca! O pobre do sr. Speciale, menos de um mês depois de retornar a Colônia, caiu da escada, bateu a cabeça e morreu, coitado.

– E a sra. Gudrun, viúva duas vezes, veio ficar aqui?

– E o que ela ia fazer por estas bandas, pobrezinha, sem o marido e sem o filho? Três anos atrás, nos telefonou pedindo que alugássemos a *villa*. E faz três anos que nós a alugamos, mas só no verão.

– Durante o resto do ano não alugam?

– Doutor, o lugar é muito isolado. O senhor mesmo vai ver.

De fato, era isolado. Chegava-se lá deixando a rodovia provincial e pegando uma trilha ascendente ao longo da qual só havia uma casinhola rústica, outra casinhola um pouquinho menos rústica e, por fim, a *villa*. Era uma área quase sem árvores e outras plantas, esturricada pelo sol. Mas, quando se chegava à *villa*, que ficava no topo de uma espécie de grande outeiro, a paisagem mudava de repente. Lá embaixo, à direita e à esquerda, ficava a praia dourada, pontilhada por raros *ombrelones*, e, em frente, um mar claro, aberto, acolhedor. A *villa*, toda térrea, dispunha de dois quartos, um grande, de casal, e um menor com uma caminha, e de um salão com janelas retangulares, das quais só se avistava céu e mar. No salão havia também um televisor. A cozinha era espaçosa e munida de uma enorme geladeira. E havia também dois banheiros. Por fim, um terraço que não tinha preço, excelente para uma refeição noturna.

– Tudo bem – disse o comissário. – Quanto é?

– Veja, doutor, nós não costumamos alugar uma *villa* como esta por quinze dias, mas, como se trata do senhor...

E disparou um valor que era uma paulada. Montalbano não acusou o golpe nem um pouco, até porque Laura era suficientemente rica e podia contribuir para aliviar a pobreza do sul.

– Tudo bem – repetiu.

Já que as coisas estavam assim, o sr. Callara, que se achava esperto, decidiu ir além.

– Naturalmente, à parte haveria custos adicionais...

– Naturalmente, à parte não há custos adicionais – retrucou Montalbano, que não queria passar recibo de otário.

– Certo, certo.

– Como se desce até a praia?

– Veja, o senhor sai pelo portãozinho do terraço, anda dez metros e ali começa uma escadinha de pedra que o leva até lá embaixo. São cinquenta degraus.

– Pode me esperar por uma meia horinha?

O sr. Callara o encarou, perplexo.

– Se for mesmo meia horinha...

Dar um belo mergulho naquele mar que parecia chamá-lo, esse era o desejo de Montalbano assim que o avistara. Nadou de cueca mesmo.

Na volta, bastou subir os cinquenta degraus e o sol já o tinha secado.

Na manhã do primeiro dia de agosto, Montalbano foi ao aeroporto de Punta Raisi para buscar Livia, Laura e o filho dela, Bruno, que era um menininho de três anos. Já Guido, o marido de Laura, chegaria de trem, trazendo o carro e as bagagens. Bruno era um menininho que não conseguia ficar parado por mais de dois minutos. Laura e Guido se preocupavam um pouco, porque ele não falava, só se comunicava por gestos. Nem sequer desenhava garatujas, como fazem todos os menininhos dessa idade, mas em compensação era um mestre na arte de encher o saco de todo mundo.

Foram para Marinella, onde Adelina havia preparado o almoço para a turma toda. Mas a empregada, quando eles chegaram, já tinha ido embora, e Montalbano sabia que não iria revê-la durante os quinze dias que Livia passaria em Marinella. Adelina sentia por Livia uma profunda antipatia, totalmente correspondida.

Guido apareceu lá pela uma da tarde. Comeram e logo depois Montalbano entrou no carro com Livia para servir de guia ao de Guido com a respectiva família. Quando Laura viu a *villa*, empolgou-se tanto que abraçou e beijou Montalbano. Até mesmo Bruno, com gestos, deu a entender que desejava ser tomado nos braços pelo comissário. E, assim que chegou à altura da cara dele, o menininho lhe cuspiu no olho o bombom que estava comendo.

Combinaram que na manhã seguinte Livia encontraria Laura com o carro de Salvo, afinal ele podia mandar que uma viatura fosse buscá-lo, e ela ficaria com a amiga o dia inteiro.

À noite, concluído o trabalho no comissariado, Montalbano seria levado a Pizzo e, juntos, decidiriam onde ir jantar.

O comissário achou ótima essa solução, porque assim, ao meio-dia, podia se empanturrar com o que mais o deliciava na *trattoria* de Enzo.

Os problemas, na casa de Pizzo, começaram já na manhã do terceiro dia. Livia, que fora ao encontro da amiga, encontrou tudo revirado: as roupas tiradas do armário e amontoadas nas cadeiras do terraço, os colchões encostados embaixo das janelas dos quartos, a tralha da cozinha jogada no chão, no espaço diante da entrada. Bruno, pelado, com a mangueira na mão, tratava de encharcar roupas, colchões, lençóis. Tentou molhar inclusive Livia assim que a viu, mas esta, que o conhecia bem, se esquivou. Laura estava estirada numa espreguiçadeira ao lado da mureta do terraço, com um pano úmido na testa.

– Mas o que houve?

– Você entrou na casa?

– Não.

– Veja do terraço, mas cuidado pra não entrar.

Livia entrou no terraço pelo portãozinho e olhou para dentro do salão.

A primeira coisa que notou foi que o piso se tornara quase preto.

A segunda coisa que notou foi que o piso era animado, ou seja, movimentava-se em todas as direções.

Em seguida não notou mais nada porque, depois de entender do que se tratava, soltou um berro enorme e fugiu do terraço.

– Mas são baratas! Milhares!

– Hoje, ao amanhecer – disse Laura com dificuldade, quase sem conseguir respirar –, eu me levantei pra ir beber um copo d'água e as vi, mas ainda não eram tantas assim... Acordei Guido, tentamos deixar a salvo tudo o que pudemos, mas depois não aguentamos mais. Elas continuavam a sair por uma fissura no piso do salão...

– E onde está Guido agora?

– Foi a Montereale, depois de telefonar ao prefeito, que foi gentilíssimo. Volta daqui a pouco.

– Mas ele não podia telefonar para Salvo?

– Disse que não achava certo chamar a polícia por causa de uma invasão de baratas.

Quinze minutos depois chegou Guido, acompanhado por um veículo da prefeitura com quatro garis armados com bombas de inseticida e vassouras.

Livia levou Laura e Bruno para Marinella, enquanto Guido ficava em Pizzo para coordenar as operações de desinfestação e limpeza da casa. Às quatro da tarde, ele também apareceu em Marinella.

– As baratas vinham mesmo daquela fissura no piso. Esguichamos lá dentro duas bombas inteiras, e depois a fechamos.

– Será que não existem outras fissuras como essa? – perguntou Laura, que não parecia muito convencida.

– Fique sossegada, procuramos muito bem por toda parte – respondeu Guido, taxativo. – Não vai acontecer mais. Podemos voltar pra lá tranquilamente.

– Mas por que será que elas saíram... – interveio Livia.

– Um dos homens me explicou que ontem à noite a *villa* deve ter sofrido um imperceptível movimento de acomodação que provocou aquela fissura. E assim as baratas, que estavam embaixo da terra, subiram atraídas pelo cheiro de comida, pela nossa presença, sei lá...

No quinto dia houve a segunda invasão. Desta vez, não de baratas, mas de camundongos. Laura, quando se levantou, viu uns quinze pela casa, pequeninos, pequeninos, até mesmo bonitinhos. Fugiram velocíssimos pela porta do terraço, assim que ela se moveu. Na cozinha encontrou mais dois, que estavam comendo migalhinhas de pão. Ao contrário da maioria das mulheres, Laura não morria de medo desses bichos. Guido telefonou de novo ao prefeito, foi a Montereale e voltou com duas armadilhas para ratos, cem gramas de queijo picante e um gato laranja, simpático e paciente, tanto que não reagiu mal quando Bruno tentou de repente lhe arrancar um olho.

– Mas como é possível que, depois das baratas, agora também apareçam ratos? – perguntou Livia a Montalbano, assim que foram se deitar.

Montalbano, com Livia nua ao lado, não tinha vontade de falar de ratos.

– Sabe como é, aquela casa ficou um ano desocupada, e então... – foi sua vaga resposta.

– Talvez, antes de Laura vir, fosse preciso limpar, vasculhar todos os cantinhos, desinfetar... – comentou Livia.

– Também estou precisando – interrompeu-a Montalbano.

– De quê? – quis saber Livia, espantada.

– Da segunda coisa que você disse.

E a abraçou.

No oitavo dia aconteceu a terceira invasão. De novo foi Laura, que era a primeira a se levantar, quem percebeu a presença indesejável. Viu uma com o rabo do olho, deu um repentino salto no ar e, sem saber como, caiu de pé sobre a mesinha da cozinha, mantendo os olhos fechados. Depois, sentindo-se segura o bastante, mas trêmula e coberta de suor, abriu devagarinho as pálpebras e olhou para o piso.

Piso esse onde passeavam tranquilamente umas trinta aranhas que pareciam uma seleção representativa da espécie: uma era achatada e peluda, outra era somente uma cabeça redonda em cima de patas tão compridas quanto os fios de uma teia, uma terceira era avermelhada e grandona que nem um caranguejo, uma quarta era igualzinha à terrível viúva-negra...

Laura, que não se impressionava muito com baratas, que não morria de nojo de camundongos, ficava enlouquecida só de ver uma aranha.

Sofria daquela coisa que é chamada por um termo difícil, aracnofobia, e que em termos simples significa pavor irracional e incontrolável de aranhas.

Assim, enquanto seus cabelos se arrepiavam até o último fio, ela soltou um berro altíssimo e despencou de cima da mesa, desmaiada.

Ao cair, bateu a cabeça, da qual logo começou a sair sangue.

Guido, acordado de repente, pulou depressa da cama e saiu correndo para acudir a mulher. Mas não percebeu Ruggero, nome que eles tinham dado ao gato, que vinha fugindo da cozinha, apavorado: primeiro, pelo berro de Laura, e depois pelo barulho da queda.

Fato é que Guido acabou voando horizontalmente ao piso, até o ponto em que sua cabeça trombou com a geladeira.

Quando Livia chegou como de hábito para o banho de mar com os amigos, teve a impressão de estar num hospital de campanha.

Laura e Guido estavam ambos com a cabeça enfaixada, ao passo que, em Bruno, enfaixado era o pé esquerdo, uma vez que o menino, ao descer da cama, havia derrubado da mesa de cabeceira o copo d'água, este se quebrara e ele acabou pisando nos cacos de vidro. Espantada, Livia notou que até o gato Ruggero mancava um pouquinho, em consequência da trombada com Guido.

Afinal apresentou-se a já conhecida turma de garis enviada pelo prefeito, que àquela altura se tornara amigo da família. Enquanto Guido dirigia as operações, Laura, que ainda parecia transtornada, declarou baixinho a Livia:

– Esta casa não gosta da gente.

– Que ideia! Uma casa é uma casa, não pode gostar ou desgostar.

– Estou lhe dizendo que esta casa não gosta da gente!

– Que ideia!

– Esta casa é mal-assombrada! – insistiu Laura, com os olhos brilhando como se estivesse com febre.

– Laura, por favor, não diga essas bobagens. Entendo que você tenha ficado nervosa, mas...

– E sabe do que mais? Estou me lembrando de todos os filmes que já vi sobre casas amaldiçoadas, sobre casas habitadas por espíritos infernais.

– Mas é tudo fantasia!
– Você vai ver se eu não tenho razão.

Na manhã do nono dia começou a chover pesado. Livia e Laura foram ao museu de Montelusa, Guido foi convidado pelo prefeito para visitar a mina de sal e levou Bruno junto. À noite choveu ainda mais.

Na manhã do décimo dia, o toró continuava. Laura telefonou a Livia dizendo que ela e Guido estavam indo levar Bruno ao hospital porque um dos cortes no pé do menininho estava infeccionado. Livia decidiu aproveitar a situação para organizar as coisas de Salvo. No final da tarde, o tempo abriu e todos acharam que o dia seguinte seria límpido e quente, um dia perfeito para banhos de mar.

Dois

Não erraram a previsão. O mar, de cinzento, voltara à sua cor normal; a areia, ainda molhada, puxava para o marrom-claro, mas em duas horas o sol a deixaria novamente dourada. Talvez a água estivesse um tantinho fria, mas ao meio-dia, com o calorão que já fazia às sete da manhã, estaria quase fervendo. Justamente a temperatura que agradava a Livia, ao passo que Montalbano a odiava, porque lhe dava a impressão de entrar num banho termal e depois, quando saía, sentia-se debilitado, sem forças,

Às nove e meia Livia chegou a Pizzo e soube que o início da manhã fora normal, eles não encontraram nem baratas nem ratos nem aranhas e não haviam chegado novos invasores tipo escorpiões, lesmas ou quaisquer outros bichos rastejantes. Laura, Guido e Bruno já estavam prontos para descer à praia.

Iam saindo pelo portãozinho do terraço quando ouviram o telefone tocar. Guido, que era engenheiro de uma empresa especializada em construção de pontes e que havia dois dias vinha recebendo ligações de Gênova por causa de um problema que ele tentara explicar a Montalbano, sem que este nada entendesse, disse:

– Vão indo, eu encontro vocês.

E entrou em casa para atender ao telefone.

– Estou apertada pra fazer xixi – disse Laura a Livia.

E entrou também. Livia a seguiu. Porque, como se sabe, xixi é contagioso: basta alguém ficar apertado e na mesma hora todo mundo fica. E foi ao outro banheiro.

Quando todos acabaram o que precisavam fazer, reencontraram-se no terraço. Guido fechou a porta, saíram, depois fechou o portãozinho, pegou o *ombrelone*, porque sendo homem cabia a ele carregá-lo, e dirigiram-se para a escadinha de pedra que levava à praia. Mas, antes de iniciar a descida, Laura olhou ao redor e perguntou:

– Cadê o Bruno?

– Talvez tenha começado a descer sozinho – disse Livia.

– Meu Deus, mas Bruno sozinho não consegue, eu preciso sempre segurar a mão dele! – exclamou Laura, um tantinho preocupada.

Debruçaram-se para olhar. Dali viam-se uns vinte degraus, depois a escadinha fazia uma curva. Bruno não estava à vista.

– É impossível que ele tenha descido mais – disse Guido.

– Vá conferir, por favor! Ele pode ter caído! – pediu Laura, que começava a ficar nervosa.

Guido, seguido pelos olhares de Laura e Livia, desceu correndo, desapareceu na curva, reapareceu na curva cinco minutos depois.

– Percorri a escada toda. Não achei. Procurem na casa, vai ver que o trancamos lá dentro – disse em voz alta, ofegante.

– Mas como vamos entrar? As chaves estão com você! – respondeu Laura.

Guido, que havia tentado se poupar do resto da subida, chegou praguejando, abriu de novo o portãozinho e a porta do terraço. E logo teve início um coro:

– Bruno! Bruno!

– Esse imbecil desse menino é capaz de ficar um dia inteiro escondido embaixo de uma cama só pra nos sacanear – declarou Guido, que começava a perder a paciência.

Procuraram-no por todos os cantos da casa, embaixo das camas, dentro do armário, em cima do armário, no compartimento das vassouras, nada. A certa altura, Livia comentou:

– E também não estamos vendo Ruggero...

Era verdade. O gato, que normalmente ficava nos calcanhares das pessoas, como bem sabia Guido, também parecia ter desaparecido.

– Quando o chamamos, Ruggero costuma vir ou miar. Vamos experimentar chamá-lo – sugeriu Guido.

A ideia fazia sentido: já que o menininho não falava, o único que de algum modo podia responder era o gato.

– Ruggero! Ruggero!

Nenhuma resposta felina.

– Então Bruno deve estar lá fora – concluiu Laura.

Saíram todos para procurar ao redor da casa, conferiram dentro dos dois carros estacionados, mas nada.

– Bruno! Ruggero! Bruno! Ruggero!

– Talvez ele tenha seguido até a trilha que leva à estrada provincial – sugeriu Livia.

A reação de Laura foi imediata:

– Mas se ele chegar até lá... Meu Deus, o trânsito é terrível!

Então Guido entrou no carro e percorreu bem devagarinho, olhando à direita e à esquerda, a trilha que se ligava à estrada provincial. Chegou à saída para esta última, retornou e viu que diante da porta da casinhola rústica havia agora um camponês cinquentão, malvestido, com um gorro sujo na cabeça, que olhava para o chão com tanta atenção que parecia estar contando as formigas.

Guido parou, debruçou-se da janela do carro:

– Por favor...

– Hã? – fez o homem, erguendo a cabeça e piscando como quem acabou de acordar.

– Por acaso o senhor viu passar um menino?

– Quem?

– Um menino de três anos.

– Por quê?

“Que merda de pergunta era aquela?”, pensou Guido, cujos nervos tinham ficado sensíveis. Mesmo assim, respondeu:

– Porque a gente não tá conseguindo encontrar ele.

– Aiaiai! – disse o cinquentão, fazendo de repente uma cara preocupada e virando-se quase inteiramente para a casa.

Guido estranhou:

– Aiaiai, como assim?

– Aiaiai significa aiaiai e pronto. Eu num vi esse menininho e também num sei de nada nem num quero saber dessa história – disse o homem, taxativo, entrando em casa e fechando a porta.

– Ah, não! Peraí! – reagiu Guido, furioso. – Isso não é jeito de responder! O senhor é muito mal-educado!

Sua vontade era de comprar briga e desopilar um pouquinho. Desceu do carro e foi bater na porta, chutou-a várias vezes, mas não houve jeito, a porta continuou fechada. Praguejando, entrou de volta no carro, arrancou, passou em frente à outra casa, aquela de aspecto decente, mas esta pareceu vazia. Ele então prosseguiu e voltou à *villa.*

– Nada?

– Nada.

Laura abraçou Livia e caiu no choro.

– Viram? Eu não disse que esta casa é amaldiçoada?

– Sossegue, Laura, por favor! – berrou o marido.

O único efeito que ele obteve foi que Laura passou a chorar ainda mais alto.

– O que podemos fazer? – perguntou Livia.

Guido decidiu.

– Vou telefonar pra Emilio, o prefeito.

– Por que justamente o prefeito?

– Peço a ele que nos mande aquela turma de sempre. Ou uns policiais. Quanto mais gente for procurar, melhor. Não acha?

– Espere. Não seria melhor chamar Salvo?

– Talvez você tenha razão.

Uns vinte minutos depois, Montalbano chegou numa viatura dirigida por Gallo, que fizera uma corrida digna de Indianápolis.

Quando desembarcou, o comissário parecia um tanto exaurido, pálido e enjoado, mas essa era sua aparência habitual sempre que ele era conduzido por Gallo.

Livia, Guido e Laura começaram a lhe contar a história todos ao mesmo tempo, tanto que Montalbano só entendeu alguma coisa a custo de extrema atenção, e depois se calaram à espera de suas palavras, sem dúvida decisivas, com a mesma atitude de quem espera uma graça de Nossa Senhora de Lourdes.

– Vocês poderiam me dar um copo d'água? – foi, ao contrário, a tão esperada resposta.

Precisava se recuperar, tanto por causa do calorão quanto pela proeza de Gallo. Enquanto Guido ia buscar a água, as duas mulheres o encararam, decepcionadas.

– Onde você acha que ele pode estar? – perguntou Livia.

– E eu lá sei, Livia? Não sou mágico! Vamos verificar, mas fiquem calmas, essa agitação me transtorna.

Guido trouxe a água, Montalbano a bebeu.

– Podem me explicar o que estamos fazendo aqui fora, com esse sol? – perguntou. – Com risco de pegar uma insolação? Vamos entrar na casa. Venha você também, Gallo.

Gallo saiu da viatura e todos seguiram o comissário, obedientes.

Mas, sabe-se lá por que, assim que o grupo se viu dentro do salão os nervos de Laura pifaram de repente. Primeiro ela soltou um gemido altíssimo, parecendo a sirene dos bombeiros, e depois começou a chorar desesperada. Tinha-lhe ocorrido um pensamento repentino.

– Raptaram o meu menino!

– Tente raciocinar, Laura – advertiu-a Guido.

– Mas quem você acha que pode tê-lo raptado? – perguntou Livia.

– E eu lá sei? Os ciganos! Os feirantes! Os beduínos! Sinto que raptaram meu pobre filhinho!

Montalbano teve um pensamento maldoso: se alguém tivesse raptado um menininho terrível como Bruno, seguramente o devolveria naquele mesmo dia. Mas não disse nada, e perguntou a Laura:

– E por que, na sua opinião, também raptaram Ruggero?

Gallo deu um salto na cadeira. Sabia que um menininho tinha desaparecido porque o comissário lhe contara, mas depois, quando chegaram à casa, ele permanecera no carro e não ouvira nada do que haviam dito a Montalbano. E agora ficava sabendo que os desaparecidos eram dois? Olhou interrogativo para seu superior.

– É um gato, não se preocupe.

A menção ao gato teve efeito miraculoso, Laura pareceu se acalmar um pouquinho. Montalbano ia abrindo a boca para comunicar o que era preciso fazer quando Livia se retesou na cadeira, arregalou os olhos e disse em voz inexpressiva:

– Oh, meu Deus! Oh, meu Deus!

Primeiro todos olharam para ela, e depois seguiram a direção do seu olhar.

Na soleira da porta do salão estava Ruggero, calmo e plácido, lambendo os bigodes.

Laura soltou imediatamente outro uivo de sirene e recomeçou a gritar.

– Viram como é verdade? O gato está aqui e Bruno não está! Raptaram meu filhinho! Raptaram meu filhinho!

E logo em seguida, desmaiou.

Guido e Montalbano a ergueram, levaram-na para o quarto e a deitaram na cama. Livia se apressou a colocar compressas de gelo na cabeça da amiga e um frasco de vinagre embaixo do nariz, mas nada feito, Laura não reabria os olhos.

Estava pálida, com as mandíbulas tensas e banhada em suor frio.

– Leve-a até um médico em Montereale – disse Montalbano a Guido. – E você, Livia, vá com eles.

Depois de acomodar Laura no assento traseiro com a cabeça em cima dos joelhos de Livia, Guido partiu disparado, com tamanha velocidade que até Gallo o olhou com admiração. O comissário e Gallo voltaram ao salão.

– Agora que pararam de nos encher o saco – disse Montalbano –, vamos fazer algo sensato. E a primeira coisa sensata a fazer é vestir um calção de banho. Senão, com esse calor, não vamos conseguir raciocinar.

– Eu não trouxe o meu, doutor.

– Eu também não. Mas Guido tem uns três ou quatro.

Encontraram os calções e os vestiram. Por sorte, eram calções de tecido elástico, porque do contrário Montalbano pareceria estar de cuecão folgado, e Gallo seria acusado de atentado ao pudor.

– Agora, vamos fazer o seguinte. A uns dez metros do portãozinho tem uma escada de pedra que vai até a praia. É o único lugar onde, pelo que entendi da confusão que eles fizeram, creio que não procuraram bem. Desça a escada inteira, parando em cada degrau. O menino pode ter tropeçado e caído dentro de alguma cavidade.

– E vossenhoria vai fazer o quê?

– Vou fazer amizade com o gato.

Gallo o encarou, espantado, mas não replicou e desceu.

– Ruggero! Que gato lindo você é! Ruggero!

O gato rolou de costas, com as patas no ar. Montalbano acariciou a barriga dele.

– Ron-ron-ron – fez Ruggero.

– O que você acha de irmos ver o que tem na geladeira? – perguntou o comissário, encaminhando-se para a cozinha.

Ruggero, que pareceu não discordar da proposta, seguiu-o e, enquanto Montalbano abria a geladeira e tirava duas anchovas, não parou de se esfregar nas pernas dele, empurrando-o com a cabeça.

O comissário pegou um prato de papel, botou ali as anchovas, pousou-o no chão, esperou que o gato acabasse de comer e depois se encaminhou para o terraço. Ruggero, como ele havia previsto, foi atrás. Montalbano se voltou para a escada, a tempo de ver aparecer a cabeça de Gallo.

– Nadica de nada, doutor. Posso jurar que o menininho não desceu essa escada.

– Ou seja, você exclui a possibilidade de ele ter chegado à praia e até mesmo de ter entrado no mar?

– Doutor, pelo que entendi, o menino tem três anos. Não conseguiria fazer isso nem correndo.

– Então, talvez seja preciso procurar aqui ao redor. Não há outra explicação.

– Doutor, o que acha de eu ligar pro comissariado e chamar dois ou três homens como reforço?

O suor de Gallo escorria até os pés.

– Vamos esperar mais um pouquinho. Enquanto isso, vá se dar uma refrescada. No pátio tem uma mangueira.

– Mas vossenhoria devia cobrir a cabeça com alguma coisa. Espere aí.

Gallo foi até o terraço, onde haviam sido largadas as coisas de praia, e voltou com um chapéu de Livia, cor-de-rosa, com florzinhas.

– Ponha isto aqui. Afinal, ninguém está vendo.

E, enquanto Gallo se afastava, Montalbano se deu conta de que Ruggero não estava mais com ele. Entrou na casa, foi até a cozinha, chamou-o. O gato não apareceu.

Se não estava ali lambendo o prato no qual havia comido as anchovas, aonde poderia ter ido?

Pelo que Laura e Guido lhe haviam contado, ele sabia que o gato e o menininho tinham ficado inseparáveis. Bruno tanto insistira, gritara, chorara, que lhe deram permissão para deixar o gato dormir em sua cama.

Foi por isso que Montalbano fizera amizade com Ruggero: por uma espécie de intuição, achava que o gato seguramente sabia o lugar onde o menino estava.

E agora, na cozinha, veio-lhe a ideia de que o gato desaparecera novamente porque voltara para perto de Bruno, para lhe fazer companhia.

– Gallo!

Este se apresentou imediatamente, pingando água sobre o piso.

– Pode mandar, doutor.

– Escute: vá conferir em todos os cômodos se o gato não está ali. Quando tiver certeza de que ele não está, feche a janela e a porta daquele cômodo. Precisamos ter certeza de que o gato não está dentro da casa, e não devemos dar a ele a possibilidade de entrar de volta.

Gallo pareceu realmente perplexo. Eles não tinham vindo para procurar um menino desaparecido? Por que o comissário cismara com aquele gato?

– Doutor, me desculpe, mas o que o animal tem a ver?

– Faça o que estou mandando. E deixe aberta somente a porta de entrada.

Gallo iniciou sua busca, Montalbano saiu pelo portãozinho, caminhou até a beira do precipício, a pique sobre a praia, e virou-se para olhar a casa à distância.

Observou-a por bastante tempo, até se convencer de que aquilo que ele via não era somente uma impressão. De uma maneira verdadeiramente imperceptível, alguns milímetros apenas, toda a *villa* pendia para a esquerda.

Sem dúvida um efeito daquele movimento de acomodação que acontecera dias antes e que provocara a rachadura no piso do salão, com a consequente saída de baratas, camundongos e aranhas.

Voltou ao terraço, pegou uma bola que Bruno deixara numa espreguiçadeira, pousou-a no chão. Lentamente, a bola começou a rolar para a mureta à esquerda.

Era a prova que ele buscava. E que podia significar tudo e nada.

Saiu novamente pelo portãozinho, afastou-se o suficiente e, desta vez, observou o flanco direito da casa. Todas as janelas que davam para lá estavam fechadas, sinal de que, naquele lado, Gallo já terminara o trabalho que devia fazer. Montalbano não viu nada de estranho.

Então dirigiu-se para a parte de trás, onde ficava a entrada principal da *villa* e o pátio para estacionamento. A porta estava aberta, como ele havia ordenado a Gallo. Nada que não fosse normal.

Recomeçou a caminhar até que se viu observando o outro flanco, aquele para o qual a *villa* mostrava uma inclinação, um desvio quase invisível. Das duas janelas, uma estava fechada, mas a outra ainda estava aberta.

– Gallo!

Gallo se debruçou.

– Nada?

– Este é o banheiro menor, já acabei aqui. O gato não está. Só falta o salão. Posso fechar?

Quando Gallo estava fechando a janela, Montalbano notou que a calha exatamente acima desta se rompera, formando uma rachadura de pelo menos três dedos de largura.

Devia ser uma rachadura antiga, que ninguém mandara consertar.

Quando chovia, a água, em vez de ir parar dentro do tubo que a conduziria até um poço ao lado do terraço, vazava totalmente. Para evitar que se formasse um enorme charco no chão, talvez até manchando de umidade a parede, alguém colocara ali embaixo um latão grande, daqueles usados para piche.

No entanto, Montalbano percebeu que o latão havia sido deslocado, não estava mais na perpendicular em relação à rachadura: agora estava a pelo menos um metro de distância em relação à parede da casa.

"Se a água não pôde escoar até o latão", raciocinou Montalbano, "aqui deveria haver uma poça enorme, um lago, já que nos últimos dois dias choveu muito. No entanto, não há nada. Como se explica isso?"

Sentiu uma espécie de choque elétrico, muito de leve, ao longo da espinha. Isso lhe acontecia quando constatava que estava tomando o rumo certo.

Aproximou-se do latão. Havia, sim, um pouquinho de água, mas não no volume que deveria haver. Certamente, era a água que entrara ali vindo diretamente do céu.

E foi então que ele notou que a água caída da rachadura ao longo de dois dias e uma noite havia cavado junto à parede um verdadeiro fosso.

Este não era perceptível de imediato porque o latão impedia a visão.

Era um fosso de aproximadamente um metro de diâmetro. Provavelmente a superfície do terreno friável, que recobria alguma cavidade subterrânea, havia cedido sob a força da água que caía do alto.

Montalbano tirou o chapeuzinho de Livia e se estendeu no chão, com a cara praticamente dentro do fosso. Depois se afastou e meteu ali um braço, sem conseguir tocar o fundo. Deu-se conta de que o fosso não se aprofundava na vertical, mas sim de través, seguindo uma espécie de ligeiro declive.

Ele teve, e não soube explicar-se por quê, a certeza absoluta de que o menininho tinha se enfiado dentro daquele fosso e agora não conseguia mais sair.

Levantou-se, correu desesperado até a casa, foi à cozinha, abriu a geladeira, pegou a vasilha com as anchovas, voltou ao ponto inicial, ajoelhou-se e distribuiu as anchovas em torno da boca do fosso.

Gallo, ao chegar naquele momento, viu o comissário, que recolocara o chapeuzinho feminino na cabeça, com o tronco e os braços sujos de lama, sentado no chão, olhando fixamente um fosso ao redor do qual havia algumas anchovas.

Perplexo, apanhado de surpresa, Gallo teve a momentânea suspeita de que seu superior havia enlouquecido. O que deveria fazer? Imitá-lo, como se faz com os doidos, para acalmá-los.

– Bonito, este buraco com as anchovas – disse, com um sorrisinho admirativo, como se estivesse diante de uma obra de arte moderna.

Com um aceno imperioso, Montalbano mandou-o fazer silêncio. E Gallo se calou, temendo que a loucura do comissário se tornasse furiosa.

Três

Passados cinco minutos, os dois estavam imóveis. Gallo também começara a observar, como que enfeitiçado, contagiado pela intensidade com a qual Montalbano observava aquele buraco, o fosso ornado de anchovas.

Parecia que ambos mantinham funcionando somente a visão e haviam desligado todos os outros sentidos – não ouviam a respiração do mar, não sentiam o perfume do jasmineiro que ficava junto ao terraço.

A certa altura, depois do que a eles pareceu uma eternidade, de dentro do fosso apareceu a cabeça de Ruggero. O gato olhou para Montalbano, fez um rrrrmau de agradecimento e atacou a primeira anchova.

– Caralho! – exclamou Gallo, que finalmente havia compreendido.

– Aposto meus colhões – disse Montalbano, levantando-se – que o menininho está aqui embaixo.

– Vamos procurar uma pá! – sugeriu Gallo.

– Não diga besteira, o terreno aqui pode ruir facilmente.

– Então, o que fazemos?

– Fique aqui observando o que o gato faz. Eu vou ligar do carro para Fazio.

– Fazio?

– Pode mandar, doutor.

– Escute, estou com Gallo no distrito de Pizzo, em Marina di Montereale.

– Conheço o lugar.

– Creio que um menininho, filho de amigos, se enfiou em um fosso profundo e não consegue sair.

– Vamos já praí.

– Não. Ligue para o comandante dos bombeiros de Montelusa. Isso é com eles, informe que o terreno é muito friável, precisam trazer equipamentos para cavar e escorar. E, principalmente, nada de sirene, nenhum estardalhaço, os jornalistas não podem ficar sabendo. Não quero repetir Vermicino.*

– Eu devo ir também?

– Não é preciso.

Montalbano entrou na casa e, do telefone que havia no salão, ligou para o celular de Livia.

– Como está Laura?

– Dormiu, deram nela uma injeção de tranquilizante. Estamos prestes a entrar no carro. E Bruno?

– Acho que localizei onde ele está.

– Meu Deus! Como assim?

– Creio que entrou num fosso do qual não conseguiu sair.

---

* Em 10 de junho de 1981, na localidade de Vermicino, província de Roma, o menino Alfredo Rampi, seis anos, caiu num poço artesiano. Após três dias de tentativas de salvamento, foi resgatado já morto. O episódio, que teve ampla cobertura midiática, chamou a atenção para o despreparo dos serviços de socorro e provocou a criação do Departamento de Proteção Civil. (N.T.)

– Mas... está vivo?

– Não sei, espero que sim. Daqui a pouco os bombeiros chegam. Quando liberarem Laura, leve-a lá pra casa em Marinella. Não quero que ela venha pra cá. Guido, se quiser, pode vir.

– Vá me dando notícias, por favor.

Montalbano voltou para perto de Gallo, que não se movera do lugar.

– O que o gato fez?

– Comeu todas as anchovas e entrou na casa. O senhor não o viu?

– Não. Deve ter ido à cozinha pra beber água.

Algum tempo antes, Montalbano percebera que não estava escutando muito bem.

Nada de grave, mas aquela limpidez da audição, que é como a limpidez da visão, estava atenuada. Antigamente ele tinha um ouvido capaz de escutar a grama crescendo. Maldita idade!

– Como está sua audição? – perguntou a Gallo.

– Muito boa, doutor.

– Veja se escuta alguma coisa.

Gallo se deitou de barriga no chão e meteu a cabeça dentro do fosso.

Montalbano prendeu a respiração, não queria atrapalhar. Ao redor, o silêncio era absoluto, a casa ficava realmente isolada. De repente, Gallo ergueu a cabeça.

– Acho que ouvi alguma coisa.

Cobriu as orelhas com as mãos, respirou fundo, afastou as mãos e enfiou de novo a cabeça no fosso. Menos de um minuto depois, ergueu-a e se voltou para olhar Montalbano. Parecia contente.

– Ouvi o menininho chorar. Tenho certeza. Ele pode ter se machucado na queda. Mas está bem longe. Qual é a profundidade deste fosso?

– Seja como for, ferido ou não, podemos ter certeza de que está vivo. E esta já é uma boa notícia.

Nesse momento Ruggero reapareceu, fez rrrrmau, entrou tranquilamente no fosso e desapareceu.

– Foi ao encontro dele – concluiu o comissário.

E, como Gallo fez menção de se levantar, Montalbano o deteve:

– Espere um minuto. Depois tente escutar se o menininho ainda está chorando.

Gallo obedeceu. Ficou à escuta um tempão e finalmente disse:

– Não ouço mais nada.

– Viu? A proximidade de Ruggero o reconforta.

– E agora?

– Agora eu vou entornar uma cerveja na cozinha. Também quer uma?

– Não, senhor, vou preferir suco de laranja. Já vi que tem.

Os dois se sentiam satisfeitos, embora o caminho para tirar o menino ainda fosse longo e dificultoso.

Montalbano bebeu com calma uma garrafa de cerveja e depois ligou para Livia.

– Está vivo.

Contou tudo. No fim, Livia perguntou:

– Devo dizer a Laura?

– Veja bem, não creio que vá ser muito fácil tirá-lo dali, e os bombeiros ainda não chegaram. Melhor não dizer nada, por enquanto. Guido continua com vocês?

– Não, ele nos trouxe pra Marinella e agora está indo praí.

Via-se logo que o capitão da equipe de bombeiros, composta de seis homens, conhecia bem seu ofício. Montalbano explicou a ele o que, em sua opinião, havia acontecido, relatou o movimento de acomodação tectônica que acontecera poucos dias antes e disse ter a impressão de que a *villa* pendia para um lado. O capitão pegou em seu equipamento o nível de bolha e o fio de prumo, e fez a verificação.

– O senhor tem razão. A casa pende mesmo.

Depois iniciou o trabalho. Primeiro verificou o terreno ao redor da *villa* com uma espécie de bastão com ponta de aço, em seguida percorreu o interior da casa, detendo-se para examinar no salão a fenda pela qual tinham vindo as baratas, e por fim saiu. Enfiou dentro do fosso uma trena, desdobrou--a totalmente, recolheu-a, em seguida a enfiou novamente e a recolheu de novo. Estava tentando estabelecer qual era a profundidade do fosso.

– É como um plano inclinado – disse, após fazer uns cálculos –, que começa quase embaixo da janela do banheiro pequeno e vai acabar embaixo da janela do quarto, a cerca de três metros de profundidade.

– Ou seja, o fosso corre totalmente ao longo deste lado da *villa*? – perguntou Guido.

– Exatamente – respondeu o capitão. – E é um percurso muito estranho.

– Por quê? – quis saber Montalbano.

– Porque, se o fosso foi provocado pela água da chuva, existe alguma coisa por baixo que não deixou a água se espalhar completamente pelo terreno e ser absorvida em grande parte, perdendo assim a força de penetração. Em vez disso, a água encontrou um obstáculo, como uma barreira sólida, que a obrigou a seguir um plano inclinado.

– Vocês vão conseguir descer? – perguntou ainda o comissário.

– Precisaremos nos mover com extrema prudência – foi a resposta do capitão dos bombeiros –, porque o terreno que circunda a casa é diferente do resto. Basta uma bobagem para fazê-lo desmoronar.

– Diferente do resto, como assim? – estranhou Montalbano.

– Venham comigo – disse o capitão.

Ele afastou-se da *villa* uns dez passos, seguido por Montalbano e Guido.

– Vejam a cor do solo e vejam como, uns três metros mais para lá, perto da casa, ele muda de cor. Este sobre o qual nós estamos é o solo do lugar. O outro, mais claro, amarelado, é arenoso, e foi trazido para cá deliberadamente.

– E por que fizeram isso?

– Sabe-se lá – disse o capitão. – Talvez para realçar a *villa*, deixá-la mais elegante. Ah, finalmente chegou a pá mecânica.

Antes de acioná-la, porém, o capitão dos bombeiros quis que fosse aliviado o peso da areia que sobrecarregava o percurso do fosso. Três bombeiros começaram a cavar com pás ao longo do flanco da *villa*. Iam colocando a terra em três carrinhos de mão que seus colegas esvaziavam a uns dez passos de distância.

Haviam removido uns trinta centímetros de areia quando tiveram uma surpresa. No ponto onde deveriam começar os alicerces, em vez disso iniciava-se outra parede, perfeitamente rebocada. Para não deixar que a umidade arruinasse o reboco, a parede havia sido coberta por folhas espessas de plástico.

Em suma, era como se a *villa* continuasse, toda embrulhada, subsolo adentro.

– Cavem, todos vocês, embaixo da janela do banheiro pequeno – ordenou o capitão.

E pouco a pouco delineou-se a parte superior de uma outra janela perfeitamente alinhada com a de cima. Não tinha esquadrias, era uma abertura retangular protegida por folhas duplas de plástico.

– Veja só, aqui embaixo tem outro andar! – exclamou Guido, perplexo.

E, a essa altura, Montalbano compreendeu tudo.

– Chega de cavar! – ordenou.

Todos se detiveram e o olharam, interrogativos.

– Alguém tem uma lanterna? – perguntou ele.

– Vou buscar para o senhor! – ofereceu-se um dos bombeiros.

– Rasguem o plástico que recobre o vão da janela! – ordenou de novo o comissário.

Bastaram dois golpes de pá. O bombeiro trouxe a lanterna.

– Fiquem todos aqui – disse Montalbano, pulando o peitoril.

Logo percebeu que não precisava acender a lanterna, a luz que entrava pela janela era mais do que suficiente.

Encontrava-se num banheiro pequeno, exatamente igual àquele que havia no nível superior, e era um banheiro totalmente pronto, com o piso, os azulejos, o chuveiro, a pia, o vaso sanitário e o bidê.

Enquanto ele olhava ao redor, perguntando-se atentamente o que vinha a significar aquilo tudo, alguma coisa roçou sua perna, causando-lhe um susto que o fez dar um salto no ar.

– Rrrmau – fez Ruggero.

– Que bom ver você de novo! – disse o comissário.

Acendeu a lanterna e seguiu o animal, que o levou até o quarto ao lado.

No quarto, o peso da água e da terra havia arrebentado o plástico que protegia a janela, e o aposento se transformara num pântano.

Mas Bruno estava ali. De pé num canto, mantinha os olhos fechados. Levara um corte na testa e tremia todo, como se tivesse febre.

– Bruno, sou eu, Salvo – disse o comissário, em voz baixa.

O menininho abriu os olhos, reconheceu-o e correu ao seu encontro com os braços estendidos. Montalbano o enlaçou e Bruno começou a chorar.

E foi então que no quarto entrou Guido, que não tinha aguentado esperar mais.

– Livia? Bruno está salvo.

– Está ferido?

– Tem um corte na testa, mas nada de grave, acredito. Seja como for, Guido o está levando ao pronto-socorro de Montereale. Conte a Laura e, se ela quiser, acompanhe-a até lá. Eu espero vocês todos aqui.

O capitão dos bombeiros estava saindo, pulando a janela pela qual Montalbano fora o primeiro a entrar. Parecia perplexo.

– Mas aqui embaixo tem um andar perfeitamente idêntico ao de cima! Tem até o terraço protegido por uma paliçada! Basta instalar as esquadrias e as folhas de portas e janelas, que estão amontoadas no salão, e o lugar se torna habitável em um instante! Imagine que até as instalações hidráulicas funcionam! E também providenciaram a conexão à rede elétrica! Não consigo entender por que o soterraram!

Montalbano, porém, já tinha uma ideia precisa.

– Creio que compreendi. Sem dúvida, na origem foi concedida uma licença que autorizava a edificação de uma *villa* sem nenhuma possibilidade de andar superior. Mas o proprietário, em combinação com o projetista e o mestre de obras, mandou construir a casa como a vemos agora. Depois, mandou recobrir o piso inferior com areia. Assim somente o andar de cima ficou visível, tornando-se, por sua vez, térreo.

– Sim, mas por que ele teria feito isso?

– Certamente esperava uma anistia para regularização de edificações. Assim que essa anistia fosse decretada, ele, em uma só noite, mandaria remover a terra que escondia o outro andar e correria a fazer o pedido de regularização. Do contrário, e embora por essas nossas bandas isso seja muito improvável, arriscava-se a que alguém mandasse demolir a casa.

O capitão dos bombeiros começou a rir.

– Mas que demolir, que nada! Por aqui existem vilarejos inteiros completamente ilegais!

– Sim, mas eu soube que o proprietário morava na Alemanha. Talvez tenha esquecido nossos belos costumes e acreditado que, aqui, o respeito à lei era igual àquele que havia em Colônia.

O capitão não pareceu convencido.

– Certo, mas esse governo decretou uma anistia atrás da outra! Então, como é que...

– Eu soube que o proprietário morreu alguns anos atrás.

– Então, o que faremos? Vamos reconstituir o aterro?

– Não, deixem tudo assim como está. Pode ter consequências?

– Para o andar de cima, o senhor quer dizer? Nenhuma.

– Quero mostrar este belo trabalho ao dono da agência que alugou a *villa*.

Quando ficou sozinho, Montalbano tomou uma chuveirada, secou-se ao sol, vestiu-se de novo. Entornou outra garrafa de cerveja. Sentia uma fome braba. Por que todo mundo demorava tanto?

– Livia? Ainda estão no pronto-socorro?

– Não, estamos chegando aí. O corte de Bruno era uma bobagem.

O comissário desligou e digitou o número da *trattoria* de Enzo.

– Aqui é Montalbano. Sei que é tarde e vocês estão fechando. Mas, se formos em quatro com um garotinho, dentro de no máximo meia hora, ainda conseguimos comer?

– Pra vossenhoria, o lugar está sempre aberto.

Como sempre acontece, o perigo descartado provocou em todos tamanha hilaridade e uma fome tão grande que Enzo, ouvindo-os rir sem parar e comer como quem acaba de sair de uma semana de jejum, perguntou o que estavam comemorando. Bruno parecia atacado de tarantulismo,* não parava de se mexer. Primeiro derrubou no chão os talheres, depois um copo, que felizmente não se quebrou, e por último derramou na calça de Montalbano a garrafinha de azeite. Por alguns segundos o comissário lamentou havê-lo tirado do fosso depressa demais. Mas logo se arrependeu desse pensamento. Terminada a refeição, Livia e seus amigos voltaram a Pizzo. Já Montalbano correu a Marinella para trocar a calça e depois foi para o trabalho no comissariado.

À noite, perguntou a Fazio se havia uma viatura que pudesse transportá-lo.

– Gallo está aí, doutor.

---

* Ou tarantismo, doença nervosa antigamente atribuída, na Itália, à picada de uma tarântula, e que consistia num impulso incontrolável para dançar. (N.T.)

– Não tem mais ninguém?

Queria evitar outra corrida tipo Indianápolis, como a que fizera de manhã.

– Não, senhor.

Assim que entrou no carro, procurou se garantir.

– Gallo, dessa vez não temos pressa. Vá devagar.

– Me diga vossenhoria a quanto devo andar.

– Trinta, no máximo.

– Trinta?! Doutor, a trinta eu não sei dirigir. Corro o risco de bater. Podemos chegar a cinquenta ou sessenta?

– Tudo bem.

As coisas foram tranquilas até o momento em que eles deixaram a estrada provincial para enveredar pela trilha que levava à *villa*. Justamente na altura da casinhola rústica, um cachorro atravessou a pista. Para evitá-lo, Gallo deu uma guinada e por pouco não trombou contra a porta da casinhola, espatifando um jarrão que havia ao lado.

– Você quebrou aquele troço – disse Montalbano.

Enquanto desciam da viatura, a porta da casinhola se abriu e apareceu o camponês cinquentão, malvestido, com um gorro sujo na cabeça.

– Qué qui foi isso? – perguntou o homem, acendendo uma luzinha que ficava acima da porta.

– Quebramos um jarrão do senhor e queremos indenizá-lo pelo prejuízo – disse Gallo, em perfeito italiano.

Aconteceu então uma coisa estranha. O homem olhou a viatura, virou as costas, apagou a luzinha, entrou na casa e fechou a porta. Gallo ficou espantado.

– Ele viu o carro da polícia. Evidentemente, não gosta de nós – disse Montalbano. – Experimente bater.

Gallo bateu. Ninguém veio abrir.

– Ô de casa! – chamou.

Ninguém respondeu.

– Vam'bora – disse o comissário.

Laura e Livia tinham arrumado a mesa no terraço. A noite estava tão linda que dava até melancolia, o calor diurno se transformara misteriosamente num frescor delicioso, no céu pairava uma lua tão clara que, sozinha, bastaria para iluminar a refeição.

As duas mulheres tinham preparado pratos leves, todos haviam almoçado tarde e se empanturrado na *trattoria* de Enzo.

Enquanto estavam à mesa, Guido contou o fato que lhe acontecera pela manhã com o camponês.

– Mal eu disse que um menino havia desaparecido, ele fez aiaiai e correu a se trancar em casa. Bati, mas ele não abriu.

"Então, o problema dele não é só com a polícia", pensou o comissário.

Mas não disse nada sobre o tratamento quase igual que havia recebido.

Depois do jantar, Guido e Laura propuseram um passeio à beira-mar sob a luz da lua. Livia recusou e Montalbano também. Felizmente, Bruno resolveu ir passear com os pais.

Um tempinho depois de ficarem relaxando nas espreguiçadeiras e curtindo o silêncio, quebrado somente pelo ronronar de Ruggero, que amassava a barriga do comissário, Livia disse:

– Você me leva ao local onde encontrou Bruno? Desde que voltamos, Laura me impediu de ir ver onde ele caiu.

– Tudo bem. Vou buscar a lanterna que tenho no carro.

– Guido também deve ter uma em algum lugar. Vou procurar.

Encontraram-se diante da janela desenterrada, cada um com uma lanterna acesa na mão. Montalbano foi o primeiro a pular o peitoril, conferiu se não havia camundongos, e em seguida ajudou Livia a entrar. Naturalmente, depois deles, Ruggero também saltou para dentro.

– Incrível! – disse Livia, olhando o banheiro.

O ar estava pesado e úmido, a única janela pela qual podia entrar o ar puro não bastava para ventilar. Os dois se dirigiram ao quarto onde o comissário havia encontrado Bruno.

– Melhor você não vir aqui, Livia. É um verdadeiro pântano.

– Tadinho do menino, como deve ter ficado apavorado! – disse Livia, encaminhando-se para o salão.

À luz das lanternas, viram as esquadrias e as folhas de portas e janelas, embrulhadas em plástico. E Montalbano percebeu, encostado a uma parede, um baú razoavelmente grande. Cheio de curiosidade, já que o baú não estava trancado nem com chave nem com cadeado, resolveu abri-lo.

De imediato o comissário ficou igualzinho ao ator Cary Grant no filme que se chama *Este mundo é um hospício*. Fechou de chofre a tampa e sentou-se em cima dela. Quando a luz da lanterna de Livia o iluminou, ele exibiu um sorrisinho automático.

– Por que você está sorrindo?

– Eu?! Não, não estou sorrindo.

– Então, por que essa cara?

– Que cara?

– O que tem aí nesse baú? – ainda perguntou Livia.

– Nada, está vazio.

Podia dizer a ela que ali dentro tinha visto um cadáver?

Quatro

Quando Laura e Guido voltaram do passeio romântico à beira-mar e à luz da lua, já passava das onze.

– Foi maravilhoso! – exclamou Laura, empolgada. – Eu realmente precisava disso, depois do dia que tivemos!

Guido estava menos animado, já que no meio do caminho Bruno sentiu muito sono e ele precisou carregá-lo nos braços.

Desde que se sentara novamente na espreguiçadeira, após a visita com Livia ao andar enterrado, Montalbano era espicaçado por uma dúvida pior que a de Hamlet: contar ou não contar?

Se contasse que lá embaixo havia um cadáver, indubitavelmente se criaria uma confusão indescritível, que levaria a uma noite infernal ou quase. De fato, era mais do que certo que Laura se recusaria firmemente a continuar um só minuto sob o mesmo teto com um cadáver desconhecido, e exigiria ir dormir em outro lugar.

Mas onde? Em Marinella não havia quarto de hóspedes. Precisariam dar um jeito. Mas qual? Pensou em como se distribuiriam, Laura, Livia e Bruno na cama de casal, Guido no sofá e ele na poltrona, e sentiu um calafrio.

Não, não dava, melhor um hotel. Porém, à meia-noite, em Vigàta, onde encontrar um hotel ainda aberto? Talvez fosse preciso procurá-lo em Montelusa. O que significava telefonemas e mais telefonemas, ida e volta de carro para Montelusa como gentil acompanhamento, e por fim a cereja do bolo: a inevitável discussão com Livia até o amanhecer:

"Mas você não podia ter escolhido outra *villa*?"

"Livia, meu anjo, como eu ia saber que ali havia um morto?"

"Não tinha como saber, né? E se considera um bom policial?"

Não, resolveu ele: melhor, por enquanto, não dizer nada a ninguém.

Até porque sabe lá desde quando o morto está dentro do baú, um dia a mais ou um dia a menos não faria diferença para o coitado. E isso tampouco prejudicaria a investigação.

Depois de se despedir dos amigos, o comissário e Livia partiram rumo a Marinella.

Assim que Livia foi tomar banho, Montalbano, da varanda, telefonou a Fazio pelo celular, falando baixinho.

– Fazio? Montalbano.

– O que houve, doutor?

– Não tenho tempo pra explicar. Daqui a dez minutos, me ligue pro fixo em Marinella e diga que estão precisando de mim com urgência no comissariado.

– Por quê? O que houve?

– Sem perguntas. Faça o que estou dizendo.

– E, depois, eu faço o quê?

– Você desliga e volta a dormir.

Dali a cinco minutos Livia saiu do banheiro e ele entrou. Enquanto escovava os dentes, ouviu o telefone tocar. Como tinha previsto, Livia atendeu. Isso deixaria mais crível o teatrinho que ele havia armado.

– Salvo, Fazio no telefone!

Montalbano foi até a sala de jantar ainda com a escova na boca, os lábios cobertos de pasta de dente, resmungando para que Livia, que o observava, escutasse:

– Mas será possível que não se pode ficar sossegado nem mesmo a essa hora?

Atendeu em tom grosseiro:

– O que foi?

– Precisamos do senhor imediatamente no comissariado.

– Não conseguem resolver sozinhos? Não? Tudo bem, estou indo.

Bateu o telefone com toda a força, fingindo-se enfurecido:

– Mas esses caras não crescem nunca?! Precisam sempre da ajuda do papai? Desculpe, Livia, mas infelizmente eu devo...

– Entendi – disse Livia, com uma voz de banquisa polar. – Eu vou me deitar.

– Espera por mim?

– Não.

Ele se vestiu, saiu, meteu-se no carro e partiu para Marina di Montereale.

Fez o trajeto bem devagar, queria gastar tempo, para se assegurar de que Laura e Guido tivessem ido dormir.

Quando, já em Pizzo, chegou à altura da segunda casa, aquela desabitada mas bem conservada, parou e desceu, levando a lanterna. Percorreu a pé o resto da trilha, por temer que, se chegasse mais perto com o carro, o barulho, no silêncio da noite, pudesse acordar os amigos.

Das janelas não vinha luz, sinal de que àquela altura Laura e Guido já viajavam no país do sono.

Pé ante pé, aproximou-se da conhecida janela que servia de porta, pulou o peitoril e, quando se viu lá dentro, acendeu a lanterna e se dirigiu ao salão.

Levantou a tampa do baú. Não dava para ver distintamente o cadáver porque este fora enrolado várias vezes numa grande folha de plástico, do tipo das que haviam servido para embrulhar o andar clandestino, e além disso o invólucro fora fechado com muitas voltas de fita adesiva, daquela marrom que serve para fazer pacotes. O cadáver parecia um meio-termo entre uma múmia e um embutido pronto para expedição.

Aproximando um pouco mais a lanterna, compreendeu que o corpo, ao menos pelo que ele conseguia ver, estava bastante conservado: todo aquele plástico devia ter produzido um efeito de embalagem a vácuo. Não deixava vazar nem um pouquinho do terrível odor da morte.

Esforçou-se para ver melhor e notou que, no alto e ao redor da cabeça, havia cabelos louros e compridos, ao passo que não se conseguia ver o rosto porque duas voltas de fita adesiva passavam justamente por cima dele.

Era uma mulher, disso ele teve certeza.

Não havia mais nada para fazer nem para ver. Ele fechou o baú, saiu do andar ilegal, entrou no carro, voltou para Marinella.

Encontrou Livia deitada, mas não adormecida. Estava lendo um livro.

– Amor, me livrei o mais cedo que pude. Vou tomar o banho que não pude tomar antes e...

– Tome um banho rápido e venha cá. Não perca mais tempo.

Quando, já às nove da manhã seguinte, Livia saiu do banheiro, encontrou Montalbano sentado na varanda.

– Mas como? Ainda está aqui? Você não tinha dito que ia para o comissariado por causa do problema de ontem à noite?

– Mudei de ideia. Vou tirar meio dia de folga. Vamos juntos para Pizzo e eu passo a manhã com vocês.

– Ah, que bom!

Laura, Guido e Bruno já estavam prontos para descer até a praia. Laura havia preparado cestinhas com lanche porque haviam combinado passar o dia inteiro fora.

"Quando e como dar a bela notícia?", perguntava-se aflito, enquanto isso, o comissário.

Quem lhe deu uma mãozinha foi justamente Guido.

– Você ligou pros caras da agência para avisar sobre o andar clandestino?

– Ainda não.

– Por quê?

– Temo que eles aumentem o aluguel, já que vocês têm à disposição um outro espaço.

Era uma tentativa de levar a coisa na brincadeira, mas Livia interveio:

– Ora, o que você está esperando? Quero só ver a cara do sujeito que alugou o imóvel.

"Pois eu quero é ver a sua, daqui a pouco!", pensou Montalbano.

Em vez disso, comentou:

– Mas há uma complicação enorme.

– Qual?

– Você pode mandar Bruno sair de perto? – cochichou Montalbano para Laura.

Ela o encarou, espantada, mas fez o que o comissário queria.

– Bruno, faça um favorzinho à mamãe. Vá até a cozinha e pegue outra garrafa de água mineral na geladeira.

Esse pedido deixou todo mundo curioso.

– E então? – perguntou Guido.

– O fato é que eu encontrei um cadáver. De mulher.

– Onde? – perguntou ainda Guido.

– No andar de baixo. No salão. Dentro de um baú.

– Está brincando? – fez Laura.

– Não, ele não está brincando – disse Livia. – Eu o conheço bem. Você o descobriu ontem à noite, quando descemos lá?

Bruno voltou trazendo uma garrafa.

– Vá buscar outra! – mandaram todos, em coro.

O menininho pousou a garrafa no chão e saiu.

– E você – disse Livia, que começava a se dar conta da coisa – deixou meus amigos dormirem com um cadáver?

– Pare com isso, Livia, o corpo está no andar de baixo! Não é contagioso, ora bolas!

De repente, Laura soltou um apito de sirene, daqueles nos quais era especialista.

Ruggero, que estava deitado em cima da mureta pegando um solzinho, fugiu em disparada. Bruno voltou, deixou a garrafa no chão e correu para buscar outra, sem que ninguém tivesse pedido.

– Idiota! – xingou-o Guido, furioso.

E foi atrás de sua mulher, que se dirigira para o quarto, aos prantos.

– Mas eu fiz isso pelo bem deles! – disse Montalbano a Livia, tentando se desculpar.

Ela se limitou a fitá-lo com desprezo.

– Ontem à noite, quando Fazio lhe telefonou, você havia combinado com ele para ter o pretexto para fugir, não foi?

– Sim.

– E voltou aqui para ver melhor o cadáver?

– Sim.

– E depois fez amor comigo! Você é um animal, um brutamontes!

– Mas eu tomei banho pra não...

– Você é repugnante! – exclamou Livia.

Ela o deixou plantado ali e foi ao encontro dos amigos. Voltou cinco minutos depois, muito fria.

– Estão fazendo as malas.

– Vão embora?! E as passagens de avião?

– Guido resolveu não esperar, vão de carro mesmo. Me leve pra Marinella. Quero pegar minhas coisas, porque eu também vou. Com eles.

– Ora, Livia, tente raciocinar!

– Não quero ouvir nem mais uma palavra!

Não houve jeito. Por todo o trajeto até Marinella, Livia não abriu a boca e Montalbano não se atreveu. Assim que chegaram, ela arrumou a mala de qualquer jeito e depois foi se sentar na varanda, de cara amarrada.

– Quer que eu lhe prepare alguma coisa pra comer?

– Você só pensa em duas coisas.

Ela não disse que coisas eram, mas Montalbano entendeu mesmo assim.

Por volta de uma da tarde Guido chegou a Marinella para buscar Livia. Dentro do carro também estava Ruggero, do qual Bruno evidentemente não quisera se separar. Guido entregou a chave da *villa* a Montalbano, mas não lhe apertou a mão. Laura virou a cabeça para o outro lado, Bruno fez uma careta para ele, Livia nem sequer o beijou.

Montalbano, o rejeitado, o repelido, viu-os partir desconsolado. Mas também sentiu, no fundo no fundo, uma pontinha de alívio.

A primeira coisa que fez foi telefonar para Adelina.

– Adeli, Livia precisou voltar pra Gênova. Você pode vir amanhã de manhã?

– Sim, senhor. Mas vou também daqui a umas duas hora.

– Não precisa.

– Precisa sim, eu vou. Tô só imaginano a sujêra que a moça deixou na casa.

Na cozinha havia um pouquinho de pão dormido. Ele o comeu com uma fatia de queijo que havia na geladeira. Em seguida estirou-se na cama e adormeceu.

Acordou às quatro da tarde. Percebeu que Adelina havia chegado pelo barulho de pratos e copos na cozinha.

– Adeli, me traz um café?

– É pra já, dotor.

Ela chegou de cara fechada levando o café.

– Nossinhora! Os prato tava tudo engordurado e no banheiro eu achei uma calcinha suja!

Ora, se havia uma mulher maníaca por limpeza, era Livia. Mas, aos olhos de Adelina, ela parecia sempre alguém cujo ideal era viver numa pocilga.

– Mas eu já lhe disse, Livia precisou ir embora às pressas.

– Brigaro? Se separaro?

– Não, não nos separamos.

Adelina pareceu decepcionada e voltou à cozinha.

Montalbano se levantou e foi telefonar.

– Agência Aurora? Aqui é o comissário Montalbano. Queria falar com o sr. Callara.

– Vou transferir agora mesmo – respondeu uma voz feminina.

– Comissário? Bom dia, o que deseja?

– O senhor vai estar na agência?

– Sim, até a hora de fechar. Por quê?

– Daqui a uma meia hora eu passo aí e lhe devolvo a chave da casa.

– Mas como?! Seus amigos não iam ficar até...

– Sim, mas precisaram ir embora hoje de manhã, alguns dias antes do combinado. Um luto repentino na família.

– Escute, comissário, não sei se o senhor leu o contrato.

– Dei uma olhada. Por quê?

– Porque está escrito com todas as letras que, em caso de partida antecipada, o cliente não tem direito a nenhuma restituição.

– E quem está dizendo o contrário, sr. Callara?

– Ah, bom. Então não se dê ao trabalho de vir até aqui, eu mando alguém buscar a chave no comissariado.

– Preciso falar com o senhor e depois lhe mostrar uma coisa.

– Então passe aqui quando quiser.

– Catarella? Montalbano.

– Eu tinha reconhecido vossenhoria por motivo que a voz é justamente a sua pópria do senhor, dotor.

– Alguma novidade?

– Não senhor, dotor, nenhuma. Só mesmo que Filippo Ragusano, vossenhoria conhece, é aquele que tem a loja de sapato do lado da igreja, atirou no cunhado lá dele, Gasparino Manzella.

– Matou?

– Não senhor, dotor, pegou de raspão.

– E por que ele atirou no cunhado?

– Porque disse que Gasparino Manzella azucrinava ele, e como tava fazendo um calorão e uma mosca não parava de caminhar pela cabeça dele incomodando demais, então atirou.

– Fazio está aí?

– Não senhor, dotor. Foi lá pras bandas da ponte de ferro porque um sujeito quebrou a cabeça da mulher.

– Tudo bem. Eu queria avisar...

– Mas teve uma coisa que aconteceu.

– Ah, é? Achei que não tivesse acontecido nada. O que foi?

– Aconteceu que o vice-inspetor Alberto Virduzzo tinha se dirigido a uma localidade cheia de lama, daí escorregou com ambas as duas pernas e quebrou uma. Gallo foi levar ele ao hospital.

– Escute, eu queria avisar que vou me atrasar.

– Vossenhoria é quem manda.

O sr. Callara estava ocupado com um cliente. Montalbano saiu para fumar um cigarro ao ar livre. Fazia um calor de quase derreter o asfalto, os sapatos ficavam até meio grudentos. Assim que ficou livre, o próprio sr. Callara foi chamá-lo.

– Venha para o meu escritório, comissário. Tenho ar-condicionado.

Isso Montalbano odiava. Paciência.

– Antes de levá-lo comigo para ver uma coisa...

– E aonde quer me levar?

– À *villa* que o senhor alugou aos meus amigos.

– Por quê? Alguma coisa que não funcionava, alguma coisa quebrada?

– Não, tudo certo. Mas é bom que o senhor vá.

– Como queira.

– Creio recordar que o senhor, quando me levou para ver a *villa*, me disse que quem mandou construí-la foi um italiano emigrado para a Alemanha, Angelo Speciale, que se casara com uma viúva alemã cujo filho, chamado Ralf, me parece, tinha vindo com o padrasto e desapareceu misteriosamente durante a viagem de volta. Certo?

Callara o olhou com admiração.

– Que memória o senhor tem! Certo.

– Naturalmente, o senhor tem o nome, o endereço e o telefone da sra. Speciale?

– Claro. Espere um instante enquanto eu pego os dados de dona Gudrun.

Montalbano os transcreveu num papelzinho e Callara ficou curioso.

– Mas com qual objetivo...

– Vai entender depois. Creio recordar também que o senhor me disse o nome do técnico em edificações que projetou a casa e dirigiu as obras.

– Sim. Michele Spitaleri. Quer o telefone?

– Quero.

Montalbano anotou esse número também.

– Escute, comissário, pode me dizer por que...

– Direi tudo durante o trajeto. Aqui está a chave, leve com o senhor.

– Vai ser uma coisa demorada?

– Eu não saberia dizer.

Callara o fitou, interrogativo. Montalbano exibiu uma máscara neutra.

– Talvez seja melhor eu avisar à secretária – disse o sr. Callara.

Partiram no carro de Montalbano, que ao longo do caminho contou ao sr. Callara como o menininho Bruno havia desaparecido, quanto o procuraram e como finalmente o resgataram com a ajuda dos bombeiros.

O sr. Callara só se preocupou com uma coisa.

– Causaram algum dano?

– Quem?

– Os bombeiros. Fizeram algum dano à *villa*?

– Não, internamente, não.

– Ainda bem. Porque numa ocasião em que a cozinha de uma casa que eu alugava se incendiou, quem mais causou dano foram os bombeiros.

Nem uma só palavra sobre o andar clandestino.

– O senhor pretende advertir dona Gudrun?

– Claro, claro. Só que ela com certeza não sabe de nada, deve ter sido uma ideia de Angelo Speciale, e eu é que vou precisar cuidar de tudo.

– Vai pedir a anistia?

– Bom, não sei se...

– Veja bem, sr. Callara: eu sou um servidor público. Não posso fingir que não vi nada.

– Se, por uma hipótese, veja bem, eu falar com o projetista Spitaleri e fizer tudo voltar a ser como antes...

– Nesse caso eu denuncio por construção irregular o senhor, dona Gudrun e o projetista.

"Veja só, veja só!", foi a exclamação abismada do sr. Callara quando entrou no banheiro pela janela e o viu pronto para ser usado.

Com a lanterna acesa, Montalbano o guiou até os outros aposentos.

– Veja só, veja só!

Por fim chegaram ao salão.

– Veja só, veja só!

– Pois é, até as esquadrias e folhas de portas e janelas estão prontas. Basta desembrulhá-las e instalar.

– Veja só, veja só!

Como por acaso, o comissário fez a luz da lanterna incidir por um instante sobre o baú.

– E aquilo, o que é?
– Um baú, eu acho.
– O que tem dentro? O senhor o abriu?
– Eu? Não. Por que deveria?
– Pode me emprestar a lanterna?
– Tome.
Tudo estava indo conforme o previsto.

O sr. Callara levantou a tampa, dirigiu o feixe de luz para dentro do baú, não disse "veja só, veja só", mas deu um grande salto para trás.

– Meu Deus! Meu Deus!

A luz da lanterna tremulava na mão dele.

– O que foi?

– Mas... mas... aqui dentro tem... tem... um morto!

– É mesmo?!

Cinco

Assim sendo, finalmente oficializada a existência do cadáver enquanto morto, o comissário pôde finalmente dar-lhe atenção.

Na verdade, primeiro ele teve de dar atenção ao sr. Callara, que, depois de fugir às pressas pela janela, começou a vomitar até mesmo o que havia comido uma semana antes.

Montalbano abriu a casa principal, fez o sr. Callara, que estava zonzo, se deitar no sofá do salão, e lhe trouxe um copo d'água.

– Posso ir embora?

– Está brincando? Não posso levá-lo.

– Eu telefono e meu filho vem me buscar.

– Mas nem em sonho! Precisa esperar o promotor! Afinal, não foi o senhor quem descobriu o cadáver? Quer mais um pouquinho de água?

– Não, estou com frio.

Frio, nesse calorão?

– Vou buscar uma manta que tenho no carro.

Depois de cumprir o papel de bom samaritano, Montalbano ligou para o comissariado.

– Catarella? Fazio está aí?

– Tá pra ir chegando, dotor.

– Como assim?

– Tilifonou agorinha mesmo dizendo precisamente assim: dentro de cinco minutos eu chego. Ou seja, ele chega. Eu não, porque já cheguei.

– Preste atenção: foi descoberto um cadáver, então diga a ele que me telefone imediatamente para este número.

E deu o número da *villa*.

– Hi! Hi! – fez Catarella.

– Está rindo ou chorando?

– Rindo, dotor.

– Por quê?

– Porque sempre foi eu que dizia a vossenhoria que acharo um morto, mas desta vez é vossenhoria que me diz a mim que acharo ele!

Cinco minutos depois, o telefone tocou.

– O que houve, doutor? Encontrou um morto?

– Quem encontrou foi o dono da agência que alugou a casa aos meus amigos. Felizmente, eles já tinham ido embora antes de saber dessa bela descoberta.

– É um morto fresco?

– Eu não diria isso, aliás, eu excluiria essa possibilidade. Mas só o vi de relance, porque precisei socorrer o coitado do sr. Callara, que foi quem o encontrou.

– Ou seja, é na mesma *villa* pra onde eu mandei os bombeiros?

– Exato. Marina di Montereale, distrito de Pizzo, a última casa da trilha. Venha com mais alguém. Avise ao promotor, à Perícia e ao dr. Pasquano, eu não estou a fim.

– Chego já, já, doutor.

Fazio, que havia ido com Galluzzo, calçou as luvas e perguntou a Montalbano:

– Posso descer pra ver?

O comissário estava no terraço, relaxado numa espreguiçadeira, desfrutando o pôr do sol.

– Claro. Cuidado pra não deixar impressões digitais.

– Vossenhoria não vem?

– Pra fazer o quê?

Cerca de meia hora depois, desencadeou-se a barafunda habitual.

Primeiro vieram os caras da Perícia, mas como dentro do salão subterrâneo não se enxergava porcaria nenhuma, perderam outra meia hora fazendo uma ligação provisória para a luz.

Depois chegou o dr. Pasquano, com a ambulância e seus papa-defuntos. O doutor, tendo constatado de imediato que ainda faltava tempo até chegar sua vez, pegou também uma espreguiçadeira, acomodou-se ao lado do comissário e tirou um cochilo.

Passada uma hora, quando o sol já descera quase por completo, veio um colega da Perícia despertá-lo e perguntar:

– Doutor, considerando que o corpo está embrulhado, o que devemos fazer?

– Desembrulhá-lo – foi a lacônica resposta.

– Sim, mas nós fazemos isso, ou o senhor?

– Melhor que seja eu – disse Pasquano, levantando-se com um suspiro.

– Fazio! – chamou Montalbano.

– Às ordens, doutor.

– O dr. Tommaseo chegou?

– Não senhor, doutor. Telefonou avisando que só poderá estar aqui dentro de uma hora.

– Sabe de uma coisa?

– Não.

– Vou sair pra comer e depois volto. Até porque me parece que a coisa vai ser bem demorada.

Ao passar pelo salão, viu Callara, que não se movera do sofá. Sentiu pena dele.

– Venha comigo, eu lhe dou carona até Vigàta. Pode deixar que digo ao dr. Tommaseo como foram as coisas.

– Obrigado! Obrigado! – disse o coitado, devolvendo-lhe a manta.

Montalbano deixou o sr. Callara em frente à agência, já fechada àquela hora.

– Preste atenção: não comente com ninguém essa história do morto.

– Prezado comissário, eu acho que estou com febre de quarenta graus. Não aguento nem respirar, imagine se tenho fôlego pra falar!

Se fosse comer no Enzo, sem dúvida perderia muito tempo, pensou Montalbano. Então, dirigiu-se a Marinella.

Dentro da geladeira encontrou uma travessa bastante considerável de *caponatina* e um pedação de *caciocavallo* de Ragusa. Adelina também havia comprado pão fresco. Ele estava com tanta fome que os olhos ardiam.

Levou uma boa meia hora para liquidar tudo, acompanhando a tarefa com meia garrafa de vinho. Depois lavou a cara, entrou no carro e partiu rumo a Pizzo.

Assim que chegou, o promotor Tommaseo, que estava tomando a fresca no espaço diante da *villa*, correu ao encontro dele.

– Parece ser um crime sexual!

Seus olhos brilhavam, a voz era quase alegre. Era desse jeito, o dr. Tommaseo: em cada crime passional, em cada assassínio por chifres ou por sexo, deitava e rolava. Montalbano se convencera de que ele era um verdadeiro maníaco, ainda que somente mental.

Diante de toda mulher bonita a quem interrogava, Tommaseo babava que nem uma lesma gosmenta, mas não se tinha notícia de relações ou amizades femininas em sua vida.

– O dr. Pasquano ainda está lá dentro?

– Sim.

No andar ilegal, quase não se podia respirar. Muitas pessoas entrando e saindo, muito calor gerado pelas duas enormes lâmpadas que a Perícia havia instalado. O ar abafado de antes estava ainda mais abafado, só que fedia a suor e também, agora sim, subia às narinas o fedor da morte.

De fato, o cadáver havia sido retirado do baú e desembrulhado mais ou menos, considerando que ainda se viam pedaços de plástico grudados à pele, talvez por se terem fundido com ela. Os homens tinham-no pousado na maca, nu como estava, e Pasquano, praguejando, estava acabando de examiná-lo. Montalbano compreendeu que não era o momento de perguntar nada a ele.

– Chamem o promotor! – ordenou de repente o legista.

Tommaseo veio.

– Escute, doutor, eu aqui não posso continuar, faz muito calor, o cadáver está se derretendo a olhos vistos. Posso mandar tirá-lo daqui?

Tommaseo interrogou com o olhar o chefe da Perícia.

– Por mim, tudo bem – disse Arquà.

Vanni Arquà e Montalbano tinham uma implicância recíproca.

Não se cumprimentavam, e só se falavam em caso de extrema necessidade.

– Então removam o cadáver e lacrem a janela – ordenou Tommaseo.

Pasquano olhou para Montalbano. O comissário, sem se despedir de ninguém, voltou para o andar de cima, pegou na geladeira uma garrafa de cerveja das que Guido havia comprado, dirigiu-se ao terraço e se acomodou na espreguiçadeira de sempre. Ouviu o barulho dos veículos que partiam.

Depois de um tempinho o dr. Pasquano subiu e se sentou como antes.

– Vejo que o senhor conhece a casa. Será que eu também poderia tomar uma cerveja?

Enquanto se dirigia à cozinha, Montalbano viu Fazio e Galluzzo entrarem.

– E nós, doutor? Podemos ir?

– Claro. Leve este papelzinho. O número de telefone é de um tal de Michele Spitaleri, um projetista, técnico em edificações. Vá atrás dele, agora mesmo, e diga que amanhã de manhã, às nove em ponto, eu o espero no comissariado. Boa noite.

Montalbano levou a cerveja geladinha a Pasquano e contou-lhe detalhadamente como e por que conhecia a casa. Depois, disse:

– Doutor, a noite está bonita demais para o senhor se emputecer. Me diga se quer responder a umas perguntas ou não.

– Quatro ou cinco, não mais.

– Conseguiu estabelecer a idade?

– Sim. Ela devia ter entre quinze e dezesseis anos. Uma.

– Tommaseo me disse que se trata de um crime de natureza sexual.

– Tommaseo é um babaca pervertido. Duas.

– Como, duas?! O senhor não pode considerar isso como pergunta! Não trapaceie! Continuamos na primeira!

– Tudo bem.

– Segunda pergunta: ela foi violentada?

– Não sei dizer. E mesmo depois da autópsia, talvez não saiba. Mas presumo que sim.

– Terceira: como a mataram?

– Cortaram a garganta.

– Quarta: há quanto tempo?

– Cinco ou seis anos. Conservou-se porque foi bem empacotada.

– Quinta: em sua opinião, ela foi morta aqui embaixo ou em outro lugar?

– Isso o senhor deve perguntar à Perícia. De todo modo, Arquà encontrou abundantes vestígios de sangue no piso.

– Sexta...

– Ah, não! Tempo esgotado e cerveja acabada. Boa noite.

Levantou-se e saiu. Montalbano também se levantou, mas para ir à cozinha e pegar outra cerveja.

Não tinha coragem de abandonar o terraço numa noite como aquela. Depois, de repente, sentiu falta de Livia. Na véspera, os dois tinham se sentado naquele mesmo lugar, no maior amor e harmonia...

E então a noite, de uma hora para outra, pareceu-lhe fria.

Fazio já estava no comissariado às oito da manhã. Montalbano chegou meia hora depois.

– Doutor, vossenhoria me perdoe, mas eu não acredito.

– Não acredita em quê?

– Em como aconteceu a descoberta do cadáver.

– Como devia acontecer, Fazio? O sr. Callara viu por acaso o baú, levantou a tampa e...

– Doutor, acho que o senhor deu um jeito pra que fosse Callara a descobrir.

– E por que eu faria isso?

– Porque vossenhoria já tinha encontrado o cadáver na véspera, quando foi procurar o menininho. Vossenhoria é um cão de caça! Imagine se não iria abrir o baú! Não contou isso logo pra deixar seus amigos partirem sossegados.

Fazio havia compreendido tudo. As coisas não tinham sido exatamente assim, mas, em linhas gerais, estava certo.

– Pense o que quiser. Encontrou Spitaleri?

– Telefonei, a mulher dele me deu o número do celular, primeiro não atendia porque estava desligado, mas atendeu uma hora depois. Às nove em ponto ele vem.

– Você se informou?

– Claro, doutor.

Puxou do bolso um papelzinho e começou a ler.

– Michele Spitaleri, filho de Bartolomeo e Maria Finocchiaro, nascido em Vigàta em 6 de novembro de 1960 e aqui residente à rua Lincoln, 44, casado com...

– Chega – cortou Montalbano. – Deixei você desafogar um pouquinho sua mania do registro civil porque hoje estou de bom humor, mas agora chega.

– Obrigado pela gentileza – disse Fazio.

– Agora me diga quem é esse Spitaleri.

– Spitaleri, considerando que sua irmã se casou com Pasquale Alessandro, e considerando que Alessandro, que é o sobrenome, há oito anos é prefeito de Vigàta, vem a ser cunhado do prefeito.

– Elementar, meu caro Watson.

– Nessa qualidade, sendo técnico em edificações e proprietário de pelo menos três empresas de construção, Spitaleri vence noventa por cento das concorrências da comuna.

– E deixam que ele vença?

– Sim, porque paga o *pizzo** em partes iguais tanto aos Cuffaro quanto aos Sinagra. Naturalmente, também paga um percentual ao cunhado.

E assim, uma vez que os Cuffaro e os Sinagra eram as duas famílias mafiosas dominantes e em guerra entre si, o técnico ficava garantido.

– E o custo final de cada empreitada acaba sendo o dobro daquele estabelecido no início.

– Caro doutor, o pobre do Spitaleri não pode agir de outra maneira, do contrário sai perdendo.

– E o que mais?

Fazio fez uma expressão vaga.

– Boatos.

– Como assim?

– Ele gosta bastante das menores.

– Um pedófilo?

– Doutor, não sei como se pode chamar, mas o fato é que ele gosta de meninas entre catorze e quinze anos.

– E das de dezesseis, não?

– Não, acha que já são passadas.

– Deve ser um cara que vai frequentemente ao exterior, pra fazer turismo sexual.

– Sim, mas aqui também encontra garotas. Dizem por aí que uma vez o pai e a mãe de uma menina queriam denunciá-lo, mas ele desembolsou uns milhões e se safou. Outra vez, por uma defloração, pagou com um apartamento.

– E encontra gente disposta a lhe vender a filha?

– Doutor, agora não temos o livre comércio? E o livre comércio não é sinal de democracia, liberdade e progresso?

---

* Termo pelo qual é conhecida, na Sicília, a taxa de proteção exigida por organizações mafiosas. (N.T.)

Montalbano o encarou, perplexo.

– Por que o senhor me olha assim?

– Porque isso que você disse era eu quem deveria dizer...

O telefone tocou.

– Dotor, tá aqui o sr. Spitaletti que diz que tem...

– Sim, mande entrar.

– Fazio, você disse a ele o motivo da convocação?

– Está brincando? De jeito nenhum.

Spitaleri, quase marrom de tão bronzeado, vestido nos trinques com paletó verde-claro parecendo uma folha de cebolinha, Rolex, cabelo até os ombros, bracelete de ouro, crucifixo de ouro aparecendo entre os pelos do peito, que a camisa desabotoada deixava ver, mocassins amarelos sem meias, estava evidentemente nervoso pela convocação. Bastava ver como se sentou na borda da cadeira. Foi ele quem falou primeiro.

– Eu vim como o senhor solicitou, mas, acredite, sinceramente não consigo entender...

– Vai entender.

Por que de repente o sujeito lhe provocara toda essa violenta antipatia? Decidiu fazer o teatro costumeiro, sem hora para acabar.

– Fazio, você já encerrou na outra sala com Franceschini?

Na outra sala não havia nenhum Franceschini, mas Fazio tinha longa experiência como escada.

– Ainda não, doutor.

– Bem, eu vou lá com você, assim encerramos o caso em cinco minutos.

Levantou-se e se virou para Spitaleri:

– Um pouquinho de paciência, e volto logo para falar com o senhor.

– Veja bem, comissário, eu tenho um compromisso que não...

– Entendi.

Foram à sala de Fazio.

– Peça a Catarella pra me fazer um café na minha cafeteira. Também quer?

– Não senhor, doutor.

Bebeu o café na maior calma, e depois fumou um cigarro no estacionamento. Spitaleri havia chegado numa Ferrari preta. Coisa que aumentou a antipatia de Montalbano por ele. Uma Ferrari dentro de um vilarejo é como um leão mantido dentro do banheiro de um apartamento.

Quando voltou ao seu gabinete com Fazio, encontrou Spitaleri com o celular grudado ao ouvido, falando com alguém.

– ...para Filiberto. Eu te ligo depois – disse o técnico ao vê-lo entrar.

E guardou o aparelho de volta no bolso.

– Vejo que o senhor telefonou daqui – disse Montalbano em tom severo, iniciando uma improvisação digna da *commedia dell'arte.*

– Por quê? Eu não podia? – perguntou o outro, belicoso.

– Deveria ter me dito.

Spitaleri ficou vermelho de raiva.

– Eu não sou obrigado a lhe dizer nada! Até prova em contrário, sou um cidadão livre! Se o senhor tem alguma coisa para...

– Calma, sr. Spitaleri. Está cometendo um grande equívoco.

– Equívoco nenhum! O senhor está me tratando como alguém a quem prendeu!

– Mas que prender, que nada!

– Quero meu advogado!

– Cavalheiro, escute o que vou lhe dizer, e depois decida se chama o advogado ou não.

– Pode falar.

– Bem. Se o senhor tivesse informado que desejava telefonar a alguém, eu teria a obrigação de lhe avisar que todos os telefonemas que chegam ou partem dos comissariados italianos, inclusive os feitos por celular, são interceptados e gravados.

– Como?!

– Pois é. Isto mesmo. Uma decisão recentíssima do Ministério. Sabe como é, com todo esse terrorismo...

Spitaleri ficara branco que nem um morto.

– Quero a fita!

– Ora, mas o senhor quer sempre alguma coisa! O advogado, a fita...

Fazio começou a rir.

– Hahaha! Ele quer a fita!

– Sim. E não vejo qual é a graça!

– Vou lhe explicar – interveio Montalbano. – Aqui, não temos fita nenhuma. As interceptações chegam diretamente à força antimáfia e antiterrorismo em Roma, via satélite. E lá são gravadas. Para evitar interferências, cortes, omissões. Compreende?

Spitaleri suava que parecia um olho d'água.

– E depois, o que acontece?

– Se, ao escutarem lá em Roma a gravação, perceberem alguma coisa estranha, eles nos avisam e nós aqui começamos as investigações. Mas o senhor, desculpe, que motivo tem para se preocupar? Ao que eu saiba, não tem antecedentes criminais, não é terrorista, não é mafioso...

– Claro, mas...

– Mas?

– Veja bem... uns vinte dias atrás, aconteceu um acidente num canteiro de obras meu em Montelusa.

Montalbano olhou para Fazio e este lhe fez sinal de que não sabia nada a respeito.

– Que tipo de acidente?

– Um operário... um árabe...

– Clandestino?

– Ao que parece, sim... mas tinham me garantido que...

– ...que ele não era clandestino.

– Sim, porque a regularização estava...

– ...em andamento.

– Mas então o senhor sabe de tudo!

– Exatamente – disse Montalbano.

Seis

E, exibindo um sorrisinho matreiro, repetiu:

– Essa história nós conhecemos perfeitamente.

– Ora se não conhecemos! – reforçou Fazio, repetindo a risadinha desagradável.

Era uma lorota enorme, do tamanho de uma casa.

Porque era a primeira vez que eles dois ouviam falar daquela história.

– Caiu do andaime do... – arriscou o comissário.

– ...do terceiro andar, pois é – completou Spitaleri, agora encharcado de suor. – Aconteceu, como o senhor deve saber, num sábado. No final do trabalho ele não foi visto, então pensaram que já tinha ido embora. Só percebemos na segunda-feira, quando a obra recomeçou.

– Também sabemos disso, nos foi comunicado pelo...

– ...pelo comissário Lozupone de Montelusa, que cuidou da investigação com grande seriedade – completou Spitaleri.

– Lozupone, muito competente. A propósito, como se chamava o árabe, porque neste momento não estou lembrado?

– Eu também não me lembro.

"Talvez", pensou Montalbano, "fosse preciso erguer um grande monumento, como o Vittoriano em Roma, dedicado ao Soldado Desconhecido, em memória aos trabalhadores clandestinos desconhecidos, mortos no trabalho por um pedaço de pão."

– Sim, mas veja bem, aquela história da rede de proteção...

Segundo chute gigantesco.

– Mas havia uma, comissário, havia! Eu juro! O seu colega a viu com os próprios olhos! A verdade é que aquele árabe estava completamente bêbado, montou no parapeito e caiu.

– O senhor está sabendo dos resultados da autópsia?

– Eu? Não.

– Não havia vestígios de álcool no sangue.

Outra lorota. Montalbano estava jogando verde para colher maduro.

– Mas nas roupas, sim – interveio Fazio, com a mesma risadinha sacana.

Ele também estava atirando às cegas, para ver no que dava.

Spitaleri não disse nada, nem sequer se fingiu espantado.

– Com quem o senhor estava falando agora há pouco? – recomeçou o comissário.

– Com o mestre de obras.

– E o que disse a ele? Veja bem, o senhor não é obrigado a me responder. Mas, em seu próprio interesse...

– Primeiro contei que o senhor tinha me convocado certamente por causa dessa história do árabe, e depois...

– Chega, sr. Spitaleri, não diga mais nada – cortou o comissário, com expressão magnânima. – Estou empenhado em respeitar sua privacidade, sabe? E faço isso não por uma adequação formal à lei, mas por um profundo respeito, que em mim é inato, em relação aos outros. Se lá de Roma me informarem alguma coisa, convocarei o senhor novamente ao comissariado para interrogá-lo.

Por trás das costas do técnico em edificações, Fazio fez o gesto de bater palmas em sinal de admiração pelo desempenho de Montalbano como ator.

– Então, posso ir?

– Não.

– Por quê?

– Veja bem, eu não o convoquei por causa da investigação sobre a morte do seu operário, mas por um motivo totalmente diferente. Não foi o senhor quem projetou e construiu uma *villa* no distrito de Pizzo, em Marina di Montereale?

– Aquela de Angelo Speciale? Sim, fui eu.

– É meu dever lhe informar que foi cometido um delito. Descobrimos um andar inteiro completamente irregular.

Spitaleri não disfarçou um longo suspiro de alívio, e depois começou a rir. Será que esperava uma acusação mais pesada?

– Descobriram? Pois perderam tempo. Ora, queira desculpar, mas isto é uma besteira enorme! Prezado comissário, eu diria que entre nós a construção irregular é até mesmo obrigatória, para não passarmos por imbecis aos olhos dos outros. Todo mundo faz isso! Basta que agora Speciale entre com um pedido de anistia e...

– Isso não elimina o fato de que o senhor, na qualidade de construtor e diretor dos trabalhos, não se ateve àquilo que a licença para a obra estabelecia.

– Mas, comissário, vou repetir, isto é uma babaquice!

– É um crime.

– Crime, diz o senhor? Eu diria no máximo um erro leve, daqueles que antigamente eram marcados na escola com caneta vermelha. Acredite, me denunciar não lhe convém.

– Por acaso está me ameaçando?

– Eu nunca faria isso na presença de uma testemunha. Só que, se me denunciar, o senhor vai se expor ao ridículo, o vilarejo inteiro vai gargalhar às suas costas.

Tinha se enchido de coragem, o veado sem-vergonha. Com a história do telefonema quase se cagara nas calças, mas agora, pela obra irregular, caía na risada.

Montalbano então resolveu atirar bem no meio dos cornos.

–Talvez o senhor tenha razão, infelizmente, mas de qualquer modo eu vou ter que me ocupar daquele andar ilegal.

– Pode me explicar por quê?

– Porque lá dentro nós encontramos um cadáver.

– Um ca... dáver?! – sobressaltou-se o projetista.

– Sim. De uma jovem de quinze anos. Uma menor. Pouco mais que uma menina. Degolada, uma coisa horrenda.

Deliberadamente, o comissário acentuara as palavras relativas à pouca idade da vítima.

De fato, Spitaleri abriu os braços de repente, como se resistisse a uma força que o empurrava por trás, tentou se levantar, mas as pernas fraquejaram, o fôlego lhe faltou, e ele despencou de volta na cadeira.

– Água! – conseguiu articular, com dificuldade.

Deram-lhe água, até mandaram buscar no bar um conhaque para ele.

– Sente-se melhor?

Spitaleri, que ainda não parecia em condições de falar, acenou com a mão que estava mais ou menos.

– Escute, sr. Spitaleri, por enquanto eu falo e o senhor me diz sim ou não com a cabeça. Certo?

O projetista baixou a cabeça, o que vinha a significar sim.

– O homicídio da mocinha só pode ter acontecido na véspera ou no próprio dia do definitivo soterramento do andar irregular com areia. Se tiver acontecido na véspera, o homicida escondeu o cadáver em algum lugar e o levou para dentro somente no dia seguinte, na última hora, porque depois o acesso se tornaria impossível. Claro?

Aceno de sim.

– Se, porém, o homicídio tiver acontecido no último dia, o assassino deixou somente uma passagem, fez a mocinha entrar por ali, uma vez lá dentro a estuprou, degolou e enfiou dentro do baú. Depois saiu e fechou a única passagem. Concorda?

Spitaleri abriu os braços para significar que não sabia o que dizer.

– O senhor acompanhou as obras até o último dia?

O projetista acenou que não.

– Por quê?

Spitaleri estendeu os braços e emitiu uma espécie de zumbido:

– Ooooouuuumm...

Seria a imitação de um avião?

– Estava num voo?

Sinal de sim.

– Quantos pedreiros havia para soterrar o andar de baixo?

Spitaleri levantou dois dedos.

Afinal, era possível continuar daquele jeito? O interrogatório estava virando uma palhaçada.

– Sr. Spitaleri, essa sua maneira de responder já me encheu o saco. Além do mais, me ocorre a dúvida de que o senhor esteja nos tratando como idiotas e curtindo a nossa cara.

Em seguida, o comissário virou-se para Fazio.

– Também lhe ocorre essa dúvida?

– Sim. A mim também.

– Então, Fazio, sabe o que você vai fazer? Leve este sujeito ao banheiro, mande ele ficar pelado e o enfie embaixo do chuveiro até ele se recuperar.

– Quero meu advogado! – bradou Spitaleri, recobrando miraculosamente o fôlego.

– Então lhe convém dar publicidade à coisa toda?

– Em que sentido?

– No sentido de que, se o senhor chama o advogado, eu chamo os jornalistas. Creio saber que em seu currículo constam alguns precedentes em matéria de jovenzinhas... Se eles o expuserem a um julgamento público, o senhor está fodido. Ao passo que, se colaborar, daqui a cinco minutos está liberado.

– O que mais deseja saber?

– Agora há pouco, o senhor disse que não pôde acompanhar o fim das obras porque estava viajando de avião. Quantos dias antes?

– Eu parti na manhã do último dia das obras.

– E lembra quando foi esse último dia?

– Dia 12 de outubro.

Fazio e Montalbano se entreolharam.

– Portanto, está em condições de me dizer se no salão, além das esquadrias embrulhadas em plástico, havia também um baú.

– Sim.

– Tem certeza?

– Certeza total. E estava vazio. Foi o sr. Speciale quem mandou levá-lo lá para baixo. Tinha sido usado para trazer algumas coisas da Alemanha. Estava quase inutilizável, meio quebrado, mas o sr. Speciale, em vez de jogá-lo fora, preferiu deixá-lo no salão. Disse que o baú ainda podia ser útil.

– Quero saber os nomes dos dois pedreiros que foram os últimos a trabalhar na obra.

– Não me lembro.

– Então é melhor que chame o advogado – disse Montalbano. – Porque devo acusá-lo de cumplicidade em...

– Mas eu não me lembro mesmo!

– Lamento, mas...

– Posso telefonar a Dipasquale?

– Quem é?

– Um mestre de obras.

– Aquele mesmo a quem o senhor telefonou antes?

– Sim. Era ele. Dipasquale, o mestre de obras na construção da *villa* de Speciale.

– Pode telefonar, mas atenção: não diga coisas que possam comprometê-lo. Lembre-se das interceptações.

Spitaleri puxou o celular, teclou um número.

– Alô, 'Ngilino? Sou eu. Por acaso você lembra quem eram os pedreiros que trabalharam, seis anos atrás, na construção daquela *villa* de Pizzo, em Marina di Montereale? Não? Puxa, e agora, o que eu faço? O comissário Montalbano quer saber. Ah, sim, é verdade, tem razão. Desculpe.

– Escute, antes que eu me esqueça, quer me dar logo o número do celular de Angelo Dipasquale? Fazio, anote aí.

Spitaleri ditou o número.

– E então? – insistiu Montalbano.

– Dipasquale não se lembra dos nomes dos pedreiros. Mas, no meu escritório, com certeza eu os tenho. Posso ir buscar?

– Claro.

O projetista se levantou e se dirigiu à porta quase correndo.

– Espere um momento. Fazio vai acompanhá-lo, ele mesmo traz os nomes e endereços. E o senhor fica à disposição.

– Como assim?

– Significa que não deve se afastar de Vigàta e arredores. Se precisar se deslocar para mais longe, me avise. A propósito, lembra para onde voou naquele 12 de outubro?

– Para... para Bangkok.

– O senhor gosta mesmo de carne fresca, hein?

Mal Spitaleri e Fazio saíram, Montalbano telefonou ao mestre de obras. Não queria dar tempo ao projetista para chamá-lo e se entender com ele, combinando as respostas a dar.

– Dipasquale? Aqui é o comissário Montalbano. De quanto tempo precisa para vir do canteiro até o comissariado de Vigàta?

– Meia hora, no máximo. Mas não adianta me perguntar porque agora eu não posso ir, estou trabalhando.

– Eu também estou trabalhando. E meu trabalho consiste em lhe solicitar que venha aqui.

– Repito que não posso.

– O que acha de eu mandar um carro nosso para buscá-lo, com sirene altíssima e à vista dos seus operários?

– Mas o que o senhor quer comigo?

– Venha, e satisfará sua curiosidade. Eu lhe dou 25 minutos.

Dipasquale chegou em 22 minutos cravados. Para ir depressa, nem trocara de roupa, ainda vestia um macacão sujo de cal. Era um cinquentão de cabelo totalmente branco, mas bigode preto. Baixinho, atarracado, nunca dirigia a vista para a pessoa que falava com ele, e, quando olhava, era meio de viés.

– Não entendo por que primeiro o senhor chama Spitaleri pra história do árabe e agora me chama pra *villa* de Pizzo.

– Não o chamei por causa da *villa* de Pizzo.

– Ah, não? Então chamou por quê?

– É sobre a morte daquele pedreiro árabe. Qual era o nome dele?

– Não me lembro. Mas foi um acidente! Ele estava completamente bêbado! Eles bebem todo santo dia desde de manhãzinha, imagine no sábado! O comissário Lozupone inclusive concluiu que...

– Esqueça as conclusões do meu colega e me diga exatamente como foram as coisas.

– Mas eu já contei ao juiz, ao comissário...

– Nunca é demais repetir.

– Tudo bem. Às cinco e meia daquele sábado nós terminamos o trabalho e fomos embora. Na segunda de manhã...

– Espere aí. Não perceberam que o árabe não estava?

– Não. O que eu devia fazer? Uma chamada, como na escola?

– Quem fecha o canteiro de obras?

– O vigia. Filiberto. Filiberto Attanasio.

Montalbano recordou que pouco antes, ao voltar ao seu gabinete com Fazio, havia surpreendido Spitaleri ao celular, e dizendo justamente esse nome, Filiberto.

– Por que vocês precisam de vigia? Não pagam o *pizzo*?

– Mas tem sempre algum garotão drogado que...

– Entendi. Onde posso encontrá-lo?

– Filiberto? Ele inclusive está de vigia na obra onde estamos trabalhando agora. E por isso dorme lá.

– Ao ar livre?

– Não, senhor, tem um abrigo pré-fabricado de corrugado.

– Informe exatamente onde fica esse canteiro.

Dipasquale informou.

– Prossiga.

– Mas eu já disse tudo o que sei! Na segunda de manhã a gente achou ele morto. Tinha caído do andaime do terceiro andar. Bêbado como estava, tinha montado no parapeito. Foi um acidente, estou dizendo!

– Por enquanto, vamos parar por aqui.

– Então, posso ir embora?

– Daqui a pouco. O senhor estava presente quando a obra ficou pronta?

Dipasquale estranhou.

– Mas a obra de Montelusa ainda não acabou!

– Estou falando da *villa* de Pizzo.

– Mas o senhor não disse que me chamou por causa do árabe?

– Pois agora mudei de ideia. Tudo bem?

– Tudo bem, não tenho escolha.

– Naturalmente, o senhor sabe que em Pizzo foi construído irregularmente um andar inteiro, não?

Dipasquale não pareceu nem surpreso nem perturbado.

– Claro que sei. Mas eu obedecia a ordens.

– Conhece o significado da palavra cumplicidade?

– Conheço.

– E então, o que me diz?

– Digo que existe cumplicidade e cumplicidade. Chamar de cumplicidade a pessoa ajudar alguém a construir um andar ilegal é como chamar de ferida mortal a espetada de um alfinete.

Era até mesmo dialético, o senhor mestre de obras.

– Ficou em Pizzo até o final da construção?

– Não. Quatro dias antes, Spitaleri me deslocou pra Fela, pra organizar outro canteiro de obras. Mas, em Pizzo, o principal estava feito, sabe? Só faltava embrulhar em plástico o andar ilegal e cobrir com areia. Era um trabalho fácil, não precisava de supervisão. Lembro que encarreguei dois pedreiros, só que os nomes eu esqueci. Mas, como já disse ao sr. Spitaleri, esses nomes podem ser encontrados olhando o...

– Sim, ele foi ver. Mais uma coisa: sabe se o sr. Speciale ficou até o fim dos trabalhos?

– Enquanto eu estive lá, ele ficou. E tinha também aquele maluco do enteado dele, o alemão.

– Por que o chama de maluco?

– Porque ele era.

– O que ele fazia de estranho?

– Era capaz de se aguentar uma hora de cabeça pra baixo e os pés no ar. E comia grama ficando de quatro que nem as ovelhas.

– Só isso?

– Quando se sentia apertado, baixava as calças e fazia a coisa na frente de todo mundo, sem a menor vergonha.

– Pois é, mas hoje em dia existem muitos como ele, sabe? Dizem que amam a natureza, e por isso... Em suma, não me parece que o alemão fazia tantas maluquices assim.

– Tem mais. Um dia, desceu até a praia, era verão e tinha muita gente, e ele resolveu ficar inteiramente pelado e começar a seguir uma mocinha com o troço de fora.

– E como acabou?

– Acabou que dali a pouco dois rapazes agarraram o safado e lhe quebraram a cara.

Vai ver que Ralf cismara de ser o fauno de Mallarmé. Mas aquilo que o mestre de obras estava contando era bem interessante.

– Sabe de algum outro episódio desse tipo?

– Sim. Me contaram que ele tinha feito a mesma coisa com outra mocinha que encontrou naquela trilha que leva da estrada provincial até Pizzo.

– O que ele fez?

– Assim que viu a menina, ficou pelado e começou a seguir.

– E a mocinha, conseguiu se salvar?

– Sim, porque bem naquela hora o sr. Spitaleri ia passando de carro.

Ora veja, o homem certo no momento certo! Ocorreram a Montalbano muitos modos de dizer: entre a cruz e a caldeira, entre a espada e a parede... Teve raiva de si mesmo pela obviedade de seus pensamentos.

– Escute, mas o sr. Speciale sabia desse comportamento do enteado?

– Claro, como não?

– E o que dizia?

– Nada. Ficava rindo. Dizia que o enteado também tinha dessas na Alemanha. Mas que não passava disso. Ele só queria beijar as garotas, nos explicou o sr. Speciale. Mas eu fico matutando: bendito garoto, que necessidade você tem de ficar pelado, se só quer beijar as moças?

– Certo. Por enquanto, pode ir. Mantenha-se à disposição.

Dipasquale lhe oferecera espontaneamente a cabeça de Ralf numa bandeja não de prata, mas de ouro. Inclusive porque o mestre de obras, até aquele momento, não sabia nada sobre a mocinha encontrada morta. Por isso, o comissário tinha somente o embaraço da escolha entre dois maníacos sexuais: o projetista Spitaleri e Ralf. Havia, porém, dois probleminhas: o jovem alemão desaparecera durante a viagem de volta ao seu país, e Spitaleri, naquele maldito 12 de outubro, estava viajando.

Sete

Só mesmo para passar o tempo, enquanto esperava Fazio retornar, decidiu telefonar à Perícia.

– Aqui é o comissário Montalbano. Gostaria de falar com o dr. Arquà.

– Um momento.

Teve tempo de recapitular com toda a calma as tabuadas de seis, de sete, de oito e de nove.

– Comissário Montalbano? Lamento, mas no momento o dr. Arquà está muito empenhado numa questão.

Ele não resistiu ao trocadilho infame:

– E quando vai ser resgatado?

– Pede que o senhor ligue de volta dentro de dez minutos.

Empenhado? Sim, só com o que deve ao montepio. Aquele grande merda queria que ele implorasse. Queria bancar o difícil, o precioso. Mas quando um merda pode ser precioso? E pode aumentar de valor?

Levantou-se, saiu do gabinete, passou em frente a Catarella.

– Vou tomar um café no porto. Volto logo.

Assim que se viu lá fora, percebeu que não ia conseguir. No estacionamento, o calor era igual ao que a gente sente diante de uma lareira acesa. Tocou a maçaneta da porta do carro e se queimou. Entrou de volta, aos palavrões. Catarella primeiro o olhou espantado e depois consultou o relógio. Não entendia de que jeito o comissário havia conseguido ir até o porto, beber um café e voltar em tão pouco tempo.

– Catarella, me faça um café.

– Outro, dotor? Não acabou de tomar um agorinha mesmo? Muito café faz mal.

– Tem razão. Deixe pra lá.

– Gostaria de falar com o dr. Arquà, se ele já estiver desempenhado. Aqui é o mesmo Montalbano de antes.

– Um momento.

Dessa vez, nada de tabuadas, mas penosas tentativas de cantar primeiro uma música que devia ser dos Rolling Stones e depois um outra que talvez fosse dos Beatles, mas que se tornavam quase iguais porque ele, afinal, não era tão afinado assim.

– Dr. Montalbano? O dr. Arquà ainda está empenhado. Se quiser, pode ligar de novo...

– ...dentro de dez minutos, entendi.

Mas seria possível perder tanto tempo com um imbecil que estava se divertindo em fazê-lo esperar? Amassou duas folhas de papel, fez uma bola e meteu-a na boca. Em seguida apertou as narinas com um prendedor de papel e ligou de novo para o número da Perícia. Falou com um leve sotaque toscano.

– Aqui é o ministro plenipotenciário e supervisor geral Gianfilippo Maradona. Passe-me urgentemente o dr. Arquà.

– Agora mesmo, excelência.

Montalbano cuspiu a bola de papel e livrou-se do prendedor. Meio minuto depois, ouviu a voz de Arquà.

– Bom dia, excelência. Às ordens.

– Desculpe, mas por que você me trata por excelência? É o Montalbano.

– Mas me disseram que...

– Continue me tratando por excelência, gostei disso.

Arquà deixou passar um tempinho em silêncio. Via-se que estava tentado a desligar. Depois se decidiu.

– O que você quer?

– Tem algo a me informar?

– Sim.

– Então diga.

– Costuma-se dizer: por favor.

– Por favor.

– Pergunte.

– Onde ela foi morta?

– Onde foi encontrada.

– Mais precisamente?

– Ao lado do lugar onde ficaria a porta de vidro do salão.

– Tem certeza?

– Absoluta.

– Por quê?

– Porque nesse lugar até se formou uma poça de sangue.

– E em outro lugar?

– Nada.

– Somente essa poça?

– Também estrias do arrastamento do corpo, da poça até o baú.

– Encontraram a arma?

– Não.

– Impressões digitais?

– Um bilhão.

– Inclusive no plástico que envolvia o corpo?

– Não. Nesse, nenhuma.

– Encontraram algo mais?

– O rolo de fita adesiva. O mesmo da fita que usaram para envolver as esquadrias.

– Também nesse nenhuma impressão digital?

– Nada.

– Isso é tudo?

– Tudo.

– Vá tomar no cu.

– Igualmente.

Belo diálogo. Uma concisão, uma secura digna de uma tragédia de Vittorio Alfieri.

Mas pelo menos uma coisa havia surgido: que o assassinato acontecera, forçosamente, no último dia de trabalho dos pedreiros.

Impossível continuar no gabinete. A sensação era a de que o cérebro se reduzira a uma espécie de geleia densa, dentro da qual os pensamentos circulavam com dificuldade e às vezes atolavam.

Pode um comissário ficar sem camisa em seu local de trabalho? Existiria algum regulamento que proibisse isso? Não: bastava que nenhum estranho entrasse de repente.

Levantou-se, foi fechar a veneziana, pela qual não entrava ar, mas somente calor, puxou a cortina, acendeu a luz, despiu a camisa.

– Catarella!

– Tô chegando!

Quando o viu, Catarella se limitou a dizer:

– Sorte sua de vossenhoria que pode fazer isso!

– Escute, preste atenção: não deixe ninguém entrar aqui sem me avisar antes. E outra coisa: telefone a alguma loja que venda ventiladores e peça que mandem pra cá um bem grande.

Já que Fazio não aparecia, ele fez outro telefonema.

– Dr. Pasquano? Montalbano.

– Eu estava realmente sentindo falta de alguém que viesse me encher o saco, acredita?

– Como vê, foi o que eu imaginei, então fiz sua vontade.

– O que deseja, porra?

A usual gentileza de Pasquano, refinada e aristocrática.

– Não sabe?

– Naquela garota eu vou trabalhar hoje à tarde. Me telefone amanhã de manhã.

– E hoje à noite, não?

– Hoje à noite vou estar no clube, tenho uma partida séria de pôquer e, portanto, não quero ninguém me ench...

– Entendi. Mas não deu nem uma olhada superficial no corpo?

– Superficialíssima.

Pelo jeito como Pasquano disse essa palavra, o comissário compreendeu que o doutor havia chegado a algum resultado. Só que convinha tratá-lo no estilo dele.

– O senhor vai ao clube por volta das nove, certo?

– Sim, por quê?

– Porque por volta das dez eu me apresento lá com dois agentes e armo uma zona tão grande que vou foder com sua partida.

Ouviu a risadinha do doutor.

– E então, o que me diz?

– Confirmo que ela podia ter no máximo dezesseis anos.

– E que mais?

– O assassino cortou a garganta dela.

– Com quê?

– Com uma faca daquelas de bolso, mas que são afiadas como navalhas. Tipo as da marca Opinel.

– Pode me dizer se ele era canhoto?

– Posso, se olhar numa bola de cristal.

– É muito difícil estabelecer isso?

– Bastante. E não quero falar merda.

– Pois eu falo muitas, o tempo todo! Me dê a satisfação de ouvir uma vinda do senhor.

– Escute, mas é só uma hipótese, hein? Pra mim, o assassino não era canhoto.

– O senhor se baseia em quê?

– Tenho uma certa ideia da posição.

– Qual posição?

– Nunca lhe aconteceu folhear o Kama Sutra?

– Explique melhor.

– Veja bem, repito que se trata apenas de uma suposição minha. O homem convence a garota a segui-lo até o andar que já está quase totalmente coberto de terra. Depois que ela entrou, ele só pensa em duas coisas. A primeira é trepar com ela, a segunda é qual pode ser o momento certo para matá-la.

– Então, o senhor supõe um homicídio premeditado, e não um súbito ataque de raiva ou algo do gênero?

– Estou somente lhe expondo uma ideia.

– Mas por que ele queria matá-la?

– Talvez os dois tivessem tido relações antes, e a mocinha havia pedido a ele muito dinheiro para fechar o bico. Não esqueça que se tratava de uma menor, e que o homem podia ser casado. Não lhe parece um bom motivo?

– De fato.

– Posso continuar?

– Claro.

– O homem a manda tirar a roupa, ele também fica pelado, depois a faz se inclinar para diante com as mãos apoiadas à parede, e fode com ela por trás. No momento certo...

– A autópsia poderá estabelecer se houve relação sexual?

– Depois de seis anos? Está de brincadeira? Bem, como eu ia dizendo, no momento certo...

– Qual seria?

– Quando a mocinha está gozando e não tem condições para reagir de imediato.

– Continue.

– ...ele puxa a faca.

– Peraí. De onde ele puxa, se está nu?

– E eu lá sei de onde, porra! Escute, se o senhor continuar me interrompendo, eu mudo de história e lhe conto a de Branca de Neve e os Sete Anões.

– Desculpe. Prossiga.

– Ele puxa a faca, depois o senhor se arranja pra saber de onde, corta a garganta dela e, enquanto a empurra para diante, dá um salto pra trás. Espera que ela sangre até o fim, depois estende no chão uma folha de plástico, por ali tem muitas...

– Um momento. Antes de pegar o plástico, ele calça luvas de látex.

– Por que o senhor diz isso?

– Porque naquela folha não há impressões digitais, Arquà me informou. E na fita adesiva também não.

– Viu como é tudo premeditado? Ele leva no bolso inclusive as luvas! Posso continuar?

– Sim.

– ...embrulha o corpo e o enfia dentro do baú. Concluído

o trabalho, veste a roupa. Provavelmente, não tem uma só mancha de sangue na pele.

– E o vestido, a roupa de baixo, os sapatos da garota?

– Hoje em dia as mocinhas usam coisas leves. Uma sacola de plástico deve ter bastado para o sujeito levar tudo.

– Sim, mas por que ele preferiu levar essas coisas consigo, em vez de enfiar tudo dentro do baú?

– Não sei. Pode ter sido um gesto irracional, nem sempre os assassinos agem segundo a lógica, o senhor sabe disso melhor do que eu. É o suficiente?

– Sim e não.

– Ou então pode se tratar de um fetichista, de vez em quando tira da sacola as roupas da garota e as leva até o nariz pra sentir o cheiro, e por fim toca uma bela de uma punheta.

– Como foi que o senhor chegou a essa conclusão?

– Sobre a punheta?

Estava de gozação, o dr. Pasquano.

– Eu me referia à reconstituição do momento do homicídio.

– Ah, isso? Examinando bem onde e como entrou a ponta da faca e refletindo sobre a linha do corte. Além disso, a garota estava de cabeça baixa, com o queixo lhe tocando o peito, e isso me ajudou a compreender como haviam sido as coisas, considerando que o assassino até arranhou a bochecha direita dela quando puxou a faca da garganta.

– Existem sinais particulares?

– Para a identificação? Ela havia sido operada de apendicite e tinha uma rara malformação congênita no pé direito.

– Qual?

– *Hallux varus.*

– E em língua de gente?

– Dedão torto. Desviado para dentro.

De repente Montalbano se lembrou de uma coisa que ele tinha se esquecido de fazer logo que lhe ocorrera. Para se tranquilizar, disse a si mesmo que sem dúvida o esquecimento não se devia à velhice, mas ao calor que exercia o mesmo efeito de três comprimidos de sonífero.

– Catarella? Venha aqui.

Catarella se materializou um quarto de segundo depois.

– Às ordes, dotor.

– Quero que você faça uma pesquisa no computador.

– Deixe comigo.

– Veja se há um boletim de ocorrência do desaparecimento de uma mocinha de dezesseis anos. Se houver registro, isso deve remontar a 13 ou 14 de outubro de 1999.

– É pra já.

– E o que me diz do ventilador?

– Dotor, eu tilifonei a três lojas. Os ventiladores tão esgotados. Uma loja me disse que só tem as pás.

– Que pás?

– Aquelas que a gente pendura no teto. Agora vou tentar em outras lojas.

O comissário esperou outra meia hora. Depois, considerando que Fazio não chegava, resolveu ir comer. Bastou entrar no carro e percorrer o trechinho curto até a *trattoria*, e já chegou lá com a camisa encharcada de suor.

– Doutor – disse Enzo –, está fazendo calor demais pra comer coisas quentes.

– O que você tem aí?

– Gostaria de uma bela travessa de *antipasti di mari*,

com camarão miúdo, camarão branco, polvinhos, anchovas, sardinhas, mexilhões e amêijoas?

– Quero. E como segundo prato?

– Salmonetes ao molho de cebola. Frios, são uma maravilha. E no fim, pra aliviar o paladar, minha mulher fez um *sorbetto* de limão.

Fosse pelo calor, fosse pela pança que lhe pesava bastante, Montalbano renunciou à costumeira caminhada até o molhe e foi para Marinella.

Abriu todas as janelas e todas as portas, na vã esperança de provocar um mínimo de corrente de ar, e se deitou pelado sobre o lençol, para uma horinha de sono. Depois, quando acordou, vestiu o calção e foi dar uma nadada, arriscando-se a um ataque cardíaco.

Refrescou-se bastante e, assim que entrou de volta em casa, sentiu vontade de ouvir a voz de Livia.

O que fazer? Resolveu deixar de lado o orgulho e ligou para ela.

– Ah, é você? – disse Livia, que não pareceu nem surpreendida nem contente.

Ou melhor, digamos de uma vez por todas: ela estava mais para antártica.

– Como foi a viagem de volta?

– Horrível. Um calorão, o ar-condicionado do carro tinha quebrado. E, pra piorar, quando paramos num posto pouco depois de Grosseto, Bruno desapareceu.

– Aquele menino tem mesmo vocação pra isso.

– Por favor, não venha bancar o engraçadinho.

– Foi só uma constatação. Onde ele foi parar?

– Perdemos duas horas procurando por ele. Tinha ido se esconder dentro da cabine de uma carreta.

– E o motorista?

– Não tinha percebido nada, estava dormindo. Bem, preciso ir.

– Pra onde você vai?

– Meu primo Massimiliano está me esperando lá embaixo. Você me encontrou por acaso, eu passei aqui só pra pegar umas coisas.

– Onde estava?

– Com Guido e Laura, na *villa* deles.

– E agora vai viajar?

– Sim, com Massimiliano. Um pequeno cruzeiro no barco dele.

– Quantas pessoas são?

– Só eu e ele. *Ciao.*

– *Ciao.*

Afinal, onde arranjava dinheiro pra manter uma embarcação de cruzeiro, o querido primo Massimiliano, considerando que não trabalhava e passava o dia inteirinho de Deus contando as moscas? Teria sido melhor não ter ligado.

Ia saindo de casa quando o telefone tocou.

– Alô?

– Além do mais, você é um homem que não respeita a palavra dada!

Era Livia. Evidentemente, estava querendo brigar.

– Eu?!

– Sim, você!

– Posso saber quando não respeitei minha palavra?

– Você me jurou que no verão não se cometem homicídios em Vigàta.

– Mas como é que você diz uma coisa dessas?! Eu jurei? No máximo, devo ter dito que, com o calor do verão, os caras que pretendem assassinar alguém preferem adiar para o outono.

– Então, como foi Guido e Laura acabaram compartilhando o leito com a vítima de um homicídio em pleno mês de agosto?

– Livia, não seja exagerada! Compartilhando o leito?!

– Bem, quase.

– Preste atenção. Aquele homicídio remonta ao mês de outubro de seis anos atrás. Outubro, entendeu? O que, entre outras coisas, vem a significar que minha teoria não era tão absurda assim.

– Pra mim, o que importa é que, por sua culpa...

– Culpa minha?! Se aquele diabrete do Bruno não tivesse cedido à tentação de competir com Houdini...

– Quem era esse?

– Um mágico famoso. Se Bruno não fosse se meter embaixo da terra, ninguém perceberia que no andar inferior havia um cadáver, e seus amigos podiam continuar a dormir sonos tranquilos.

– Você é de um cinismo asqueroso.

Quando ele voltou ao comissariado, eram quase seis horas.

Queria ter ido antes, mas, quando saiu pela porta de casa, foi atacado por tamanha onda de calor que entrou novamente. Tirou a roupa todinha, encheu a banheira com água fria e ficou ali dentro por uma hora.

– Ah, dotor, dotor! Encontrei! Fiz a intintificação!

Com os braços afastados do corpo, os dedos esticados e abertos, Catarella parecia um pavão fazendo roda.

– Venha ao meu gabinete.

Catarella o seguiu com um papel na mão e uma cara tão gloriosa que quase se podia ouvir, ao fundo, a marcha triunfal de *Aída*.

Oito

Montalbano olhou a ficha que Catarella imprimira para ele.

MORREALE Caterina, dita Rina
Filha de Francesca e Giuseppe Dibetta
Nascida em Vigàta em 03/07/1983
Residente em Vigàta à via Roma, 42
Desaparecida em 12 de outubro de 1999
Queixa apresentada pelo pai em 13 de outubro de 1999
Altura: 1,75m
Cabelos: louros
Olhos: azuis
Compleição: esbelta
Sinais particulares: pequena cicatriz de cirurgia de apendicite e hálux direito varo

NOTA: Comunicação encaminhada pelo Comissariado de Segurança Pública de Fiacca

Afastou o documento e segurou a cabeça entre as mãos.

Degolada como se fosse uma ovelha, um animal qualquer.

Agora que havia visto como era a jovem, ele teve a certeza, sabe-se lá por quê, de que o dr. Pasquano estava ao mesmo tempo certo e errado.

Estava certo quando lhe contara de que modo ela havia sido assassinada, mas errado quanto ao motivo pelo qual ela fora assassinada. Pasquano levantara a hipótese de uma chantagem, mas Rina Morreale, com aqueles olhos claros e serenos que sua foto mostrava, jamais seria capaz de fazer uma chantagem.

Mesmo que tivesse consentido em fazer amor com o homem que depois a mataria, seria possível que o tivesse seguido espontaneamente ao subsolo, ao andar irregular no qual a pessoa entrava por um vão estreito e até perigoso? Além disso, ali dentro devia reinar uma densa escuridão. O assassino teria levado consigo uma lanterna?

Mas não havia um lugar melhor? Não podiam fazer aquilo dentro de um carro? Pizzo era um lugar isolado, não haveria problema.

Não: com certeza Rina Morreale fora obrigada pelo assassino a entrar naquele que viria a se tornar seu túmulo.

Catarella se postara ao lado de Montalbano para olhar a fotografia da garota. Talvez não tivesse prestado muita atenção nela anteriormente.

– Como era bonita! – murmurou, comovido.

A foto correspondia aos dados e mostrava uma mocinha de rara beleza, com um pescoço que parecia pintado por Botticelli.

Em suma, não era mais necessário fazer outras pesquisas, bastava somente avisar à família a fim de que alguém fosse a Montelusa para o reconhecimento.

Montalbano sentiu um aperto no coração.

– Como era bonita! – repetiu Catarella em voz baixa.

O comissário ergueu a vista e o surpreendeu, meio de costas para ele, enxugando disfarçadamente os olhos com a manga do paletó.

Melhor mudar logo de assunto.

– Fazio voltou?

– Sim.

– Vá chamá-lo aqui, por favor.

Fazio, quando entrou, também trazia um papel na mão.

– Catarella me disse que a garota foi identificada. Posso ver?

Montalbano lhe passou a ficha com a foto, Fazio olhou-a e a devolveu.

– Coitadinha.

– Quando o pegarmos, porque vamos pegá-lo, disso tenho certeza, eu quebro a cara dele – disse com voz contida o comissário.

Ocorreu-lhe uma dúvida:

– Por que será que os pais denunciaram o desaparecimento da garota no comissariado de Fiacca?

– Não entendo, doutor. Se bem que naquele período havia aquela história de interação entre os vários comissariados, sem delimitações territoriais precisas. Lembra-se da bagunça que foi?

– Claro! Como devíamos nos ocupar de tudo, não nos ocupávamos de nada. Seja como for, vamos nos lembrar de perguntar isso aos familiares.

– A propósito, quem vai avisar a eles? – quis saber Fazio.

– Você. Mas, primeiro, informe Tommaseo. Aliás, informe logo, daqui mesmo, assim ficamos livres dessa chatice.

Fazio falou com o promotor, que pediu que lhe enviassem a ficha por e-mail. Porque, antes de liberar o aviso à família, queria falar com o dr. Pasquano para se certificar da identificação.

– Catarella!

– Tô indo, dotor.

– Venha buscar a ficha da garota e a transmita imediatamente ao dr. Tommaseo.

Depois que Catarella saiu, Montalbano atacou.

– Como é que você me leva uma manhã inteira pra achar aqueles nomes?

– Não era eu quem devia achar, doutor, e sim o projetista Spitaleri.

– Mas eles não têm um computador, um fichário qualquer?

– Têm, sim, mas no escritório só guardam os dados dos últimos cinco anos, e, como aquela *villa* foi construída seis anos atrás...

– E os outros, onde eles os guardam?

– Na casa da irmã do projetista, que tinha ido a Montelusa, então tivemos de esperar que ela voltasse.

– Não entendo por que ele mantém esses documentos na casa da irmã.

– Pois eu, sim.

– Me explique.

– Por causa da fiscalização, doutor. No caso de uma visita surpresa da Receita Federal. Assim, o projetista tem tempo para avisar a irmã. Ela foi instruída de antemão e sabe quais documentos deve levar ao escritório do irmão e quais não. Fui claro?

– Perfeitamente.

– Bom, então, os pedreiros que trabalharam... – começou Fazio.

– Espere. Ainda não tivemos oportunidade de falar sobre Spitaleri.

– No que se refere ao homicídio da garota...

– Não. Por enquanto, quero falar do Spitaleri especulador imobiliário. Não do Spitaleri que gosta das menores, disso falamos depois. O que você achou dele?

– Doutor, aquele lá tem culpa no cartório. Quando inventamos pra ele a história de que a autópsia não tinha encontrado álcool no sangue do árabe, mas somente nas roupas, ele não se alterou, não deu um pio. Só que deveria ou ficar espantado ou dizer que não podia ser verdade.

– Ou seja, encharcaram de vinho o coitado do árabe depois de morto pra nos fazer acreditar que ele estava de porre.

– Como vossenhoria acredita que foram as coisas?

– Enquanto você estava com Spitaleri, eu chamei aqui o mestre de obras Dipasquale e o interroguei. Na minha opinião, o árabe cai do andaime sem proteção e nenhum dos colegas percebe. Talvez ele estivesse trabalhando sozinho numa parte não muito visível da construção. O vigia do canteiro, que se chama Filiberto Attanasio, se dá conta do acidente depois que todos foram embora e telefona a Dipasquale, o qual, por sua vez, informa a Spitaleri. O que você tem? Está me ouvindo ou não?

Fazio estava pensativo.

– Como o senhor disse que se chama o vigia?

– Filiberto Attanasio.

– Dá licença um instante?

Levantou-se, saiu, voltou cinco minutos depois com uma ficha na mão.

– Eu me lembrava bem dele.

Passou a ficha ao comissário. Filiberto Attanasio havia sido condenado diversas vezes por furto, violência com agravante, tentativa de homicídio e roubo à mão armada. A foto mostrava um cinquentão de nariz desproporcional e sem um fio de cabelo na cabeça. Era classificado como delinquente habitual.

– Bom saber – limitou-se a comentar Montalbano. E continuou: – Avisados pelo vigia, Spitaleri e Dipasquale acorrem, veem a situação e decidem tirar o deles da reta montando a rede de proteção, que não existia, na madrugada de domingo. Encharcam o cadáver com vinho e vão pra casa dormir. Na manhã seguinte, com a ajuda do vigia, informam o acontecido à polícia.

– E o comissário Lozupone cai na conversa deles.

– Você acha? Conhece Lozupone?

– Não, senhor. Mas sei bem quem ele é.

– Eu o conheço há muito tempo. Não...

O telefone tocou.

– Dotor? Tá no tilifone o promotor Dommaseo que quer falar com vossenhoria em pessoa pessoalmente.

– Pode transferir.

– Montalbano? Tommaseo.

– Tommaseo? Montalbano.

O promotor se desorientou.

– Queria lhe dizer... bem, isto é... eu vi a foto da ficha. Que jovem belíssima!

– Pois é.

– Violentada e degolada!

– O dr. Pasquano lhe disse que ela foi violentada?

– Não, só disse que ela foi degolada. Mas, que tenha sido violentada, isso eu sinto por intuição. Ou melhor, tenho certeza.

Imagine se o cérebro do promotor não estava trabalhando a todo o vapor em reconstituir, nos mínimos detalhes, a cena da violência!

E aqui Montalbano teve uma excelente sacada, que talvez pudesse poupar a ele ou a Fazio a incumbência de dar a trágica notícia aos familiares da garota.

– Sabia, dr. Tommaseo? Parece que a jovem assassinada tinha uma irmã gêmea, ao menos assim me foi dito, que é, de longe, muito mais bonita do que a vítima.

– Mais bonita até?

– Parece que sim.

– Ou seja, hoje esta gêmea teria 22 anos.

– Seu cálculo está certo.

Fazio o encarava atordoado. Que lorota o comissário resolvera inventar?

Houve uma pausa. Seguramente o promotor, fitando com olhos esbugalhados a fotografia da ficha, estava lambendo os beiços ante a ideia de que podia vir a conhecer a irmã gêmea. Afinal, ele falou:

– Sabe de uma coisa, Montalbano? Talvez seja melhor que eu, pessoalmente, vá comunicar aos familiares... considerando a pouca idade da vítima... além da particular crueldade...

– Tem toda a razão, doutor. O senhor é um homem de grande empatia! Então, pretende ir avisar aos familiares?

– Sim. Parece-me mais correto.

Despediram-se, desligaram. Fazio, que afinal entendera o jogo do comissário, caiu na risada.

– Aquele lá, assim que ouve falar de mulher...

– Esqueça Tommaseo. Ele vai correr à residência dos Morreale esperando encontrar uma gêmea que não existe. O que eu estava lhe dizendo mesmo?

– Estava falando do dr. Lozupone.

– Ah, isso. Lozupone é um homem experiente, inteligente, e que sabe se virar.

– O que isso quer dizer?

– Quer dizer que, muito provavelmente, Lozupone pensou a mesma coisa que nós pensamos, ou seja, que a rede de proteção foi instalada depois do acidente, mas deixou pra lá.

– Por quê?

– Talvez tenha sido aconselhado a se limitar ao que Dipasquale e Spitaleri informavam. Mas dificilmente conseguiremos saber quem o aconselhou na chefatura ou no palácio da chamada justiça.

– Bem, mas talvez possamos fazer uma ideia – disse Fazio.

– Como?

– Doutor, vossenhoria me disse que conhece bem o comissário Lozupone. Mas sabe com quem ele é casado?

– Não.

– Com a filha do dr. Lattes.

– Ah.

Como informação, não era má.

O dr. Lattes era chefe de gabinete do chefe de polícia, apelidado "Lattes e mieles" por sua untuosidade, homem de igreja e de oração, homem que não dizia uma só palavra sem antes untá-la com vaselina e que agradecia continuamente, com ou sem motivo, à Virgem Maria!

– Você sabe quem apoia politicamente o cunhado de Spitaleri?

– O prefeito? O prefeito Alessandro é do mesmo partido do presidente da região, partido ao qual, entre parênteses, também pertence o dr. Lattes, e é o grande eleitor do parlamentar Catapano, e não preciso dizer mais nada.

Gerardo Catapano era um homem que havia sido capaz de manter boas relações tanto com os Cuffaro quanto com os Sinagra, as duas famílias mafiosas de Vigàta.

Por um instante, Montalbano se sentiu desanimado. Seria possível que as coisas não se alterassem nunca? *Mutatis mutandis*, acabava-se sempre entre parentelas perigosas, conluios entre máfia e política, entre máfia e empresariado, entre política e bancos, entre lavagem de dinheiro e usura...

Que balé obsceno! Que floresta petrificada feita de corrupção, vigarice, negócios escusos, improbidade, busca de lucro a qualquer custo! Ele imaginou um possível diálogo:

"Tome cuidado, porque X, que é homem do parlamentar Y, e é genro de K, que por sua vez é homem do mafioso Z, tem excelentes relações com o parlamentar H."

"Mas o parlamentar H não é da oposição?"

"Sim, mas dá no mesmo."

Como dizia o pai Dante?

Ahi serva Italia, di dolore ostello,
nave senza nocchiere in gran tempesta,
*non donna di provincie ma bordello!**

A Itália continuava sendo serva de no mínimo dois patrões, a América e a Igreja, e a tempestade inclusive se tornara diária por causa de um piloto que seria melhor perder do que encontrar. Sem dúvida, as províncias das quais a Itália era senhora chegavam agora a mais de uma centena, mas, por outro lado, o lupanar crescera de modo exponencial.

– Bem, então, os seis pedreiros... – recomeçou Fazio.

– Espere. Hoje à noite você está ocupado?

– Não, senhor.

– Iria comigo a Montelusa?

---

* Em tradução livre: "Ai, serva Itália, da aflição o lar, / nau sem piloto em meio à tempestade, / não mais senhora, és hoje um lupanar!". (N.T.)

– Pra fazer o quê?

– Ter uma conversinha com Filiberto, o vigia. Sei onde fica o canteiro de obras, Dipasquale me explicou.

– Estou achando que vossenhoria quer realmente pegar de jeito esse Spitaleri.

– Acertou.

– Claro que vou junto.

– Bem, vai me falar desses pedreiros ou não?

Fazio o olhou de cara fechada.

– Doutor, faz uma hora que estou tentando.

Desdobrou o papel.

– Os nomes dos pedreiros são: Antonio Dalli Cardillo, Ermete Smecca, Ignazio Butera, Antonio Passalacqua, Stefano Fiorillo e Gaspare Micciché. Dalli Cardillo e Micciché são os dois que trabalharam até o último dia, os que recobriram o andar irregular.

– Se eu lhe fizer uma pergunta, você responde falando a verdade?

– Posso tentar.

– Você foi pesquisar todos os dados de cada um desses seis pedreiros?

Fazio corou levemente. Não conseguia resistir à sua "mania do registro civil", como a chamava o comissário.

– Sim, doutor. Mas não os li para o senhor.

– Não leu porque não teve coragem. E procurou saber se e onde eles estão trabalhando?

– Claro. Atualmente estão trabalhando nas quatro obras do projetista.

– Quatro?

– Sim. E daqui a cinco dias ele deve começar mais uma. Com todos os apoios que tem, tanto políticos quanto mafiosos, imagine se lhe falta trabalho! Em suma, Spitaleri me disse que prefere trabalhar sempre com os mesmos operários.

– À exceção de algum árabe de passagem, que pode ser jogado na lixeira sem grandes problemas. Dalli Cardillo e Micciché estão trabalhando no canteiro de Montelusa?

– Não, senhor.

– Melhor assim. Você convoca esses dois para virem falar comigo amanhã de manhã, um às dez e o outro ao meio-dia, já que hoje vamos acabar muito tarde. Não aceite desculpas. Se for preciso, ameace-os.

– Vou convocar agora mesmo.

– Bom. Eu vou pra casa. Nos encontramos aqui à meia-noite e depois partimos para Montelusa.

– Certo. Venho de uniforme?

– De jeito nenhum. É melhor aquele sujeito achar que somos uns delinquentes.

Em Marinella, sentado na varanda, teve uma leve sensação de frio, só que era mais uma hipótese de frio, pois nem o mar nem o ar se moviam.

Adelina lhe preparara uma *pappanozza*. Cebolas e batatas fervidas demoradamente, depois colocadas num prato e esmagadas com um garfo até se misturarem. Tempero: azeite, um pingo de vinagre, sal e pimenta-do-reino preta moída na hora. Ele não comeu mais nada, queria se sentir leve.

Depois ficou lendo até às onze um belo romance policial de dois autores suecos que eram marido e mulher, e no qual não havia uma só página sem um ataque feroz motivado pela social-democracia e pelo governo.

Montalbano dedicou mentalmente o livro a todos aqueles que não se dignavam a ler romances desse gênero porque, segundo eles, tratava-se apenas de um passatempo com enigmas a decifrar.

Às onze, ligou a televisão. Falar no diabo, aparece o rabo: a Televigàta estava mostrando o parlamentar Gerardo Catalano, o qual inaugurava o novo canil municipal de Montelusa.

Desligou, deu-se uma bela refrescada e saiu de casa.

Chegou ao comissariado às quinze para a meia-noite. Fazio já estava lá. Os dois usavam um paletó leve sobre a camisa de manga curta. Sorriram um para o outro porque haviam tido a mesma ideia. Alguém que não tira o paletó apesar do forte calor desperta inevitavelmente inquietação, porque em 99 por cento dos casos o paletó lhe serve para ocultar o revólver que ele leva na cintura ou no bolso.

E de fato ambos estavam armados.

– Vamos no de vossenhoria ou no meu?

– No seu.

Levaram menos de meia hora para chegar à obra, que ficava dentro de Montelusa, perto da estação velha.

Pararam o carro e desceram. A obra era protegida por um tapume de madeira com quase dois metros de altura e um grande portão fechado.

– Lembra-se do que havia aqui? – perguntou Fazio.

– Não.

– O palacete Linares.

Montalbano então se lembrou. Uma pequena joia da segunda metade do século XIX cujo projeto fora encomendado pelos Linares, abastados comerciantes de enxofre, ao famoso arquiteto Giovanni Battista Filippo Basile, o mesmo do Teatro Massimo de Palermo. Mais tarde os Linares tinham caído na ruína, e também o palacete. Em vez de restaurá-lo, haviam decidido derrubá-lo e construir no lugar um prédio de oito andares. Ah, a rigidez do Patrimônio Histórico!

Aproximaram-se do portão, olharam entre as tábuas, mas não viram luzes.

Fazio o empurrou de leve, três vezes seguidas.

– Está travado do lado de dentro por uma barra.

– Você consegue subir e abrir?

– Consigo. Mas não por este lado, algum carro pode passar. Entro pelos fundos, escalando o tapume. Vossenhoria me espera aqui.

– Cuidado, aí dentro pode ter um cachorro.

– Não creio. Já teria latido.

Foi só o tempo de Montalbano fumar um cigarro e o portão já se abria o suficiente para ele passar.

Nove

Lá dentro, a escuridão era total. À direita, porém, percebia-se um barracão.

– Vou buscar a lanterna – disse Fazio.

Na volta, ele travou de novo o portão com a barra e acendeu a lanterna. Aproximaram-se cautelosamente da porta do barracão e perceberam que estava meio aberta. Evidentemente, com o calor, Filiberto não aguentava ficar ali com a porta fechada. Agora podia-se ouvi-lo ressonando alto.

– Não devemos dar tempo a ele pra pensar – murmurou Montalbano ao ouvido de Fazio. – Vamos trabalhar iluminando com a lanterna, não convém acender a luz do teto. Ele tem que ficar morrendo de medo.

– Sem problemas – disse Fazio.

Entraram pé ante pé. O interior do barracão fedia a suor, e pairava tamanho cheiro de vinho que só de respirá-lo já embriagava. Filiberto, de cueca, estava deitado num catre de campanha. Era o mesmo homem da fotografia da ficha.

Fazio girou ao redor a luz da lanterna. As roupas do vigia estavam penduradas num prego. Havia também uma mesinha, duas cadeiras, uma bacia de esmalte sobre um tripé de ferro e uma jarra. Montalbano pegou-a e cheirou: água. Sem fazer ruído, encheu a bacia, segurou-a com as duas mãos, aproximou-se do catre e tascou com violência toda a água na cara de Filiberto. Ele abriu os olhos, fechou-os logo, atordoado pela lanterna de Fazio, e os reabriu protegendo a vista com a mão.

– O quê... quê... quê...

– Quequerequê – disse Montalbano. – Paradinho aí.

E fez sua pistola entrar no feixe de luz. Instintivamente, Filiberto levou as mãos ao alto.

– Você tem celular?

– Tenho.

– Cadê?

– Dentro da jaqueta.

Aquela pendurada no prego. O comissário pegou o aparelho, jogou-o no chão e o espatifou com os pés. Filiberto juntou coragem para perguntar:

– Quem são vocês?

– Amigos, Filibè. Se levante.

Filiberto se levantou.

– Agora se vire.

Filiberto, cujas mãos agora tremiam ligeiramente, ficou de costas.

– Mas o que vocês querem? Spitaleri sempre pagou o *pizzo*!

– Calado! – ordenou Montalbano. – Vá fazendo suas orações.

E engatilhou a arma.

Ao ouvir aquele ruído seco e metálico, Filiberto desabou de joelhos, com as pernas moles que nem ricota.

– Pelo amor de Deus! Eu não fiz nada! Por que querem me matar? – perguntou, já chorando.

Fazio deu-lhe um pontapé nas costas que o fez estatelar-se de bruços. Montalbano encostou-lhe na nuca o cano da pistola.

– Preste atenção – começou.

Mas logo se interrompeu:

– Ou morreu ou desmaiou.

Inclinou-se para tocar-lhe a jugular:

– Desmaiou. Coloque ele numa cadeira.

Fazio passou a lanterna ao comissário, levantou o vigia pelas axilas e o plantou sentado. Mas precisou segurá-lo, porque o sujeito escorregava de lado. Perceberam que a cueca dele estava molhada, Filiberto havia se mijado de tanto pavor. Montalbano se aproximou e deu-lhe um tabefe tão poderoso que o fez abrir os olhos. O vigia pestanejou, desorientado, mas logo recomeçou a chorar.

– Não me matem, pelo amor de Deus!

– Se você responder às minhas perguntas, salva sua vida – disse Montalbano, apontando a pistola para a cara dele.

– Respondo, respondo.

– Quando o árabe caiu, tinha rede de proteção?

– Qual árabe?

Montalbano calcou-lhe no meio da testa o cano da arma.

– Quando o pedreiro árabe caiu...

– Ah, sim, não, não tinha não, senhor.

– Vocês botaram ela no domingo de manhã?

– Sim.

– Você, Spitaleri e Dipasquale?

– Sim.

– De quem foi a ideia de jogar vinho em cima do morto?

– Spitaleri.

– Agora, preste atenção pra não enrolar quando responder. O material de proteção já estava no canteiro de obras?

Para Montalbano, essa pergunta era fundamental. Pela resposta que Filiberto lhe desse, tudo se esclareceria.

– Não, senhor. Spitaleri encomendou, e me entregaram tudo no domingo de manhã, às sete horas.

Era a melhor resposta que o comissário podia conseguir.

– Qual empresa ele procurou?

– Ribaudo.

– Foi você quem assinou o recibo?

– Sim, senhor.

Montalbano comemorou consigo mesmo. Não só havia acertado em cheio, como também conseguira saber aquilo que desejava.

Agora precisava fazer um pouquinho de teatro dentro do teatro, para uso e consumo do projetista Spitaleri.

– Por que não procuraram a empresa Milluso?

– E eu lá sei?

– E pensar que a gente disse e repetiu isso a Spitaleri. Procurem a Milluso! Procurem a Milluso! Mas ele, não. Quis bancar o esperto. Não quis entender. Pois agora a gente vai te matar, assim ele finalmente entende.

Com a força do desespero, Filiberto saltou de pé. Mas não teve tempo de fazer mais nada. Por trás dele, Fazio deu-lhe uma pancada no pescoço com a lateral da mão.

O vigia caiu e não se mexeu.

Saíram correndo, abriram o portão, meteram-se no carro e, enquanto Fazio ligava a ignição, Montalbano disse:

– Viu que, com boas maneiras, a gente sempre consegue tudo?

E não falou mais.

Enquanto se dirigiam a Vigàta, Fazio comentou:

– Parecia até filme americano!

E, como Montalbano continuava mudo, perguntou:

– Está fazendo a conta de quantos delitos nós cometemos?

– Nisso daí é melhor não pensar.

– Não gostou das respostas que Filiberto deu?

– Nada disso, pelo contrário.

– Então, o que houve?

– Não me agrada aquilo que eu fiz.

– Tenho certeza de que ele não nos reconheceu.

– Fazio, eu não disse que nós erramos, eu disse que não me agradou.

– A maneira como nós tratamos Filiberto?

– Sim.

– Mas, doutor, aquele cara é um delinquente!

– E nós não.

– Se não fizéssemos daquele jeito, ele não falava.

– Não é uma boa razão.

Fazio teve um rompante:

– O que vossenhoria quer? Que a gente volte lá e peça desculpas a ele?

Montalbano não respondeu. Pouco depois, Fazio disse:

– Me perdoe.

– Deixe pra lá!

– Vossenhoria acha que Spitaleri vai engolir a história de que nós fomos enviados pra favorecer a empresa Milluso?

– Ele vai levar dois ou três dias até entender que a empresa Milluso não tem nada a ver com isso. Mas esses dois ou três dias de vantagem me bastam.

– Tem uma coisa que não me convence – disse Fazio.

– Que coisa?

– Por que Spitaleri, para o material de proteção, recorreu à Ribaudo, em vez de mandar buscá-lo em algum outro canteiro de obras dele?

– Porque isso envolveria outras pessoas das outras obras. Spitaleri deve ter pensado que quanto menos gente soubesse da coisa, melhor. Vê-se que a empresa Ribaudo é de confiança.

Durante a noite, a consciência de Montalbano, contrariamente ao que ele havia temido, preferiu descansar. Por isso, o comissário despertou das cinco horas de sono que havia tirado como se tivesse dormido dez. Porém, já no comecinho da manhã, o ar estava quente.

Assim que chegou ao trabalho, telefonou ao superintendente da Receita Federal Alberto Laganà, que já o ajudara muitas vezes.

– Comissário! Que ótima surpresa! O que me conta de bom?

– De ruim, infelizmente.

– Conte mesmo assim.

– Conhece a Ribaudo, de Vigàta, uma empresa que fornece material de construção?

Laganà deu uma risadinha.

– Ora, se não conhecemos! Material fornecido sem nota fiscal, sonegação de impostos, alteração dos registros contábeis... E temos a intenção de, dentro de alguns dias, atualizar nosso conhecimento sobre eles.

Belo golpe de sorte.

– Quando, exatamente?

– Daqui a três dias.

– Não seria possível antecipar para amanhã?

– Mas amanhã é *ferragosto*!* Por que isso o interessa?

---

* Festa de 15 de agosto, quando se comemora a Assunção de Maria. Por extensão, feriado que inclui alguns dias anteriores e posteriores a essa data. (N.T.)

Montalbano explicou. E disse também o que desejava.

– Espero fazer isso depois de amanhã – concluiu Laganà.

– Dotor? Aconteceria que tem um que se chama Falli Fardillo dizendo que vossenhoria convincou ele pragora de manhã às dez.

– A ficha da mocinha assassinada está com você?

– Sim, senhor.

– Me traga. Depois peça a Fazio que venha aqui e, por último, mande entrar esse senhor.

Naturalmente, Catarella primeiro fez Dalli Cardillo entrar, depois foi buscar a ficha, que Montalbano pousou voltada para baixo sobre a escrivaninha, e finalmente foi chamar Fazio.

Dalli Cardillo era um cinquentão atarracado, cabelos sem um fio branco em corte bem curto, pele escura e um bigodão como os que eram usados na Turquia no século XIX. Estava nervoso, isso era visível.

Mas quem não fica nervoso quando é convocado, sem explicações, a um comissariado? Um momento. Sem explicações? Será que Spitaleri ainda não tinha dito a ele como deveria se comportar?

– Sr. Dalli Cardillo, o projetista Spitaleri o informou sobre o motivo de sua convocação aqui?

– Não, senhor.

A Montalbano ele pareceu sincero.

– Recorda se trabalhou, seis anos atrás, num canteiro de Spitaleri para a construção de uma *villa* no distrito de Pizzo, em Marina di Montereale?

O pedreiro, ao ouvir essa pergunta, pareceu tão aliviado que se permitiu um sorrisinho.

– Descobriram o andar irregular?

– Sim.

– Eu fiz o que o projetista me mandou fazer.

– Não o estou acusando de nada. Do senhor, quero somente algumas informações.

– Se é por isso, tô às ordens.

– Foi o senhor, com seu colega Gaspare Micciché, quem recobriu com areia o andar de baixo?

– Sim.

– Trabalharam sempre juntos?

– Não, senhor. Eu, naquele dia, terminei ao meio-dia e meia e Micciché continuou sozinho.

– Por que terminou antes?

– Era a ordem de Spitaleri.

– Mas Spitaleri já não tinha viajado?

– Sim, mas deu essa ordem na véspera de partir.

– Pode me explicar como vocês faziam para entrar e sair do andar de baixo?

– A gente fez uma galeria com pranchas de madeira, uma espécie de passarela coberta e inclinada, como a dos navios. Por cima, já estava meio coberta de areia. Ia acabar numa janela ao lado do banheiro pequeno.

A janela pela qual Bruno caíra.

– Qual era a altura dessa galeria?

– Pouca. Uns oitenta centímetros. A gente precisava entrar abaixado.

– Me esclareça uma curiosidade. Por que a galeria era necessária?

– O projetista Spitaleri mandou fazer. Queria que o mestre de obras conferisse se a pressão da areia podia prejudicar o interior, tipo infiltrações de umidade e coisas assim.

– O mestre de obras era Dipasquale?

– Sim.

– E ele foi conferir?

– Sim. No final do primeiro dia. Mas mandou a gente continuar porque estava tudo certo.

– Ele também foi no último dia?

A intervenção havia sido de Fazio.

– Na parte da manhã, até a hora que eu estava lá, ele não apareceu. Talvez tenha ido à tarde, mas os senhores devem perguntar a Micciché.

– O senhor ainda não me explicou por que foi embora antes.

– Porque faltava muito pouco pra fazer. Tampar a janela com madeira e plástico, desmontar a galeria, aplanar a areia.

– Notou se no salão havia um baú?

– Sim. Levamos lá pra baixo por ordem do proprietário, agora não me lembro do nome dele. Fomos eu e um colega chamado Smecca.

– E estava vazio?

– Completamente.

– Tudo bem, obrigado, pode ir.

Dalli Cardillo quase não acreditou.

– Bom dia a todos!

E deu no pé.

– Sabe por que Spitaleri não o avisou nem o instruiu? – perguntou Montalbano a Fazio.

– Não, senhor.

– Porque esse projetista é esperto. Sabe que Dalli Cardillo ignora a descoberta do homicídio. E, por isso, acha melhor que ele se apresente aqui sem ter nada a esconder.

Gaspare Micciché era um quarentão ruivo, com altura de um metro e quarenta, se tanto. Tinha braços compridíssimos e pernas tortas. Parecia um macaco. Sem dúvida Darwin, se tivesse podido vê-lo, ficaria tão feliz que lhe daria um abraço.

Na galeria de madeira, Micciché certamente devia entrar quase de pé. Ele também estava nervosinho.

– Estão me fazendo perder uma manhã de trabalho!

– O senhor imagina por que o convocamos?

– Eu não imagino, eu sei, porque Spitaleri falou comigo antes de eu vir. É por aquela safadeza do apartamento ilegal.

– E o projetista não lhe disse mais nada?

– Por quê? Tem mais alguma coisa?

– Escute, naquele 12 de outubro, que foi o último dia da obra, a que horas o senhor parou?

– Não foi o último. Eu voltei lá no dia seguinte.

– Pra fazer o quê?

– O que eu não tinha feito na véspera.

– Explique-se melhor.

– Naquela tarde eu estava recomeçando o trabalho quando chegou Dípasquale, o mestre de obras, e me disse pra não desmontar a galeria.

– Por quê?

– Ele explicou que era melhor esperar mais um dia pra ver se tinha infiltrações. E me disse também que o proprietário queria aparecer de tarde pra garantir também.

– E o senhor fez o quê?

– O que eu devia fazer? Fui embora.

– Prossiga.

– De noite, já devia ser mais de nove horas, Dipasquale me telefonou e disse que no dia seguinte de manhã eu podia tirar a galeria. Eu fui, botei as madeiras na janela, fechei ela com plástico e desmontei a galeria. Tinha acabado de começar a nivelar a areia quando chegaram três da turma.

– Que turma?

– Os caras que iam tirar o tapume da obra. Depois, dei duas voltas ao redor da *villa* com a niveladora e...

– O que é a niveladora? – perguntou Fazio.

– Uma máquina como aquela que usam pra fazer estrada.

– Um rolo compressor?

– Sim, mas menor. Quando acabei, voltei pra casa.

– Com a niveladora?

– Não, senhor, essa os caras da turma iam levar no caminhão.

– Lembra se chegou a entrar no andar de baixo, na manhã do dia 13?

– Spitaleri me fez essa mesma pergunta. Não, senhor, não entrei porque não tinha nenhum motivo pra entrar.

Se tivesse entrado, notaria ao menos a poça de sangue no salão. Mas parecia sincero.

– Viu que havia lá um baú?

– Sim, senhor. Quem mandou a gente levar pra lá foi...

– Sei, o sr. Speciale. Chegou a abri-lo?

– O baú? Não. Eu sabia que estava vazio. Ia abrir pra quê?

Sem responder, Montalbano pegou a ficha, virou-a e a estendeu a ele.

Micciché olhou a fotografia da garota assassinada, leu a denúncia de desaparecimento e devolveu a ficha ao comissário. Estava realmente espantado.

– E eu com isso?

Foi Fazio quem tomou a palavra.

– Se tivesse aberto o baú na manhã do dia 13, o senhor a encontraria lá dentro. Degolada e embrulhada em plástico.

A reação de Micciché não foi a que Montalbano e Fazio esperavam.

Ele saltou de pé, vermelho, com punhos cerrados e dentes à mostra. Um animal selvagem. O comissário temeu que ele pulasse em cima da escrivaninha.

– Aquele veado, filho da puta!

– Quem?

– Spitaleri! Sabia disso e não me disse nada! Do jeito que me falou, eu devia ter entendido que ele queria me arranjar problema!

– Calma, sente-se. Por que, em sua opinião, Spitaleri tinha a intenção de lhe arranjar problemas?

– Pra fazer vocês acharem que fui eu que matei essa garota! Eu, quando fui pra casa, deixei Dipasquale em Pizzo! E não sei nada de nada dessa história!

– Alguma vez viu essa mocinha nos arredores da obra?

– Nunca!

– Quando saiu do trabalho, na tarde do dia 12, lembra-se do que fez?

– Como é que eu vou me lembrar? Coisa de seis anos atrás!

– Faça um esforço, sr. Micciché. Pelo seu próprio interesse – disse Fazio.

Micciché foi tomado por um novo ataque de raiva. Saltou de pé e, antes que Fazio pudesse segurá-lo, saiu disparado e deu uma poderosa cabeçada na porta fechada do gabinete. Enquanto Fazio o obrigava a se sentar de volta, a porta se abriu e Catarella apareceu, perplexo:

– Me chamou, dotor?

Dez

Fazio e Montalbano precisaram se esforçar alternando palavras com safanões, agrados e tilintar de algemas, para acalmar a besta desenfreada. Então Micciché, que havia cinco minutos se mantinha tranquilo, segurando a cabeça entre as mãos na tentativa de recordar, começou a murmurar:

– Peraí... Peraí...

– A cabeçada está fazendo a memória dele voltar – cochichou Fazio para o comissário.

– Peraí... acho que foi no mesmo dia que... Sim... Sim...

Saltou novamente de pé, mas Montalbano e Fazio foram ágeis em pular em cima dele e imobilizá-lo. A essa altura, já tinham aprendido a técnica.

– Mas eu só queria telefonar pra minha mulher!

– Se é por isso... – disse o comissário.

Fazio passou a ele o telefone fixo. Micciché discou um número, mas estava muito nervoso e errou, atenderam numa salsicharia, ele discou outro e errou novamente.

– Pode deixar, eu ligo – ofereceu-se Fazio.

Micciché informou o número mantendo o fone na mão.

– Carmelina? Sou eu. Lembra que seis anos atrás nosso filho Michilino quebrou uma perna? Esqueça por que eu tô perguntando e responda sim ou não. Lembra? E lembra se foi seis anos atrás? Pense bem. Foi seis anos atrás? Sim? E a data não era 12 de outubro? Certo?

Desligou.

– Agora me lembrei de tudo. Eu tinha voltado pra casa cedo, aí me deitei e adormeci. Aí Carmelina me acordou chorando. Michilino tinha levado um tombo da bicicleta e quebrado uma perna. Levei ele pro hospital de Montelusa. Minha mulher foi comigo. Ficamos no hospital até de noite. Podem conferir.

– É o que faremos – disse Fazio, trocando um olhar com Montalbano.

– Por enquanto, o senhor pode ir – disse o comissário.

– Obrigado. Agora vou encher de porrada a cara de Spitaleri, mesmo que perca o emprego!

E saiu rangendo os dentes.

– Parece fugido de uma jaula do zoológico – comentou Fazio.

– Na sua opinião, por que o projetista não contou a ele nada sobre o homicídio? – perguntou-lhe o comissário.

– Porque como Spitaleri viajou, certamente não podia saber que o filho de Miccichè tinha quebrado uma perna. Então achou que ele não tinha álibi.

– Ou seja, Miccichè concluiu certo: Spitaleri queria foder com a vida dele. Mas a pergunta é: por quê?

– Talvez por achar que Dipasquale esteja envolvido na história. E Spitaleri se preocupa mais com Dipasquale, que deve saber várias coisinhas a respeito dele, do que com um pobre-diabo como Miccichè.

– Pois é.

– O que eu faço? Convoco Dipasquale de novo?

– Claro, você tem alguma dúvida?

E assim, também o mestre de obras vinha a entrar na partida.

Antes de sair para ir comer na costumeira *trattoria* de Enzo, o comissário parou diante da cabine de Catarella, que assumiu uma posição de sentido.

– Descansar. Como ficou a questão dos ventiladores?

– Tão em falta, dotor. Não tem nem mesmo em Montelusa. Diz que vão receber daqui a três ou quatro dias.

– O tempo suficiente pra gente ficar assado ao ponto.

Catarella o acompanhou até a saída e ficou olhando.

O calor que saiu do automóvel assim que Montalbano abriu a porta acabou com a coragem de entrar ali. Talvez fosse melhor ir a pé até a *trattoria* de Enzo, quinze minutos de caminhada, naturalmente escolhendo o lado da rua que estivesse na sombra. Então seguiu em frente.

– Dotor! Mas o que tá fazendo, vai a pé?

– Vou.

– Peraí um instante.

Catarella entrou no comissariado, saiu agitando um bonezinho verde, com aba de jogador de beisebol, e o deu a ele.

– Bote isto aqui que protege a cabeça.

– Ora, que ideia!

– Dotor, vossenhoria vai pegar uma insolhação!

– Melhor uma insolação do que parecer alguém que vai à reunião de Pontida!*

– Vai pra onde mesmo, dotor?

– Deixe pra lá.

---

* Encontro político anual da Liga Norte, partido de extrema direita. Pontida é uma comuna da região da Lombardia. (N.T.)

Depois de cinco minutos avançando de cabeça baixa, ouviu uma voz:

– Qué cumprá?

Ergueu a vista. Um árabe que vendia óculos de sol, chapéus de palha, trajes de banho. Mas, à altura da cabeça, o homem segurava um produto que chamou a atenção do comissário. Uma espécie de miniventilador de bolso, que devia funcionar à bateria.

– Me dê isso aí – apontou.

– Este meu de mim.

– Não tem outro?

– Não.

– Bem, quanto quer por este?

– Cinquenta euro.

Bem, sem dúvida cinquenta euros eram demais.

– Vamos fazer por trinta.

– Quarenta.

Montalbano pagou os quarenta euros, pegou o miniventilador e recomeçou a caminhar mantendo-o próximo ao rosto. Quase não acreditou: refrescava muitíssimo bem.

À mesa, porém, não quis nada pesado: dispensou a entrada e comeu só o segundo prato. Mas foi o miniventilador que lhe permitiu fazer a costumeira caminhada até o molhe e ficar um tempinho sentado no recife plano.

O miniventilador era dotado de uma presilha. O comissário o fixou na borda da escrivaninha. Não havia o que reclamar: um mínimo de alívio para o forno que era o gabinete, isso ele dava.

– Catarella!

– Ora veja a inteligença do seromano! – comentou Catarella com admiração, ao ver o ventilador.

– Fazio está aí?

– Sim, senhor.

– Chame ele aqui.

Fazio também gostou do aparelhinho.

– Quanto vossenhoria pagou?

– Dez euros.

Montalbano teve vergonha de contar que pagara quarenta.

– Onde comprou? Vou arranjar um pra mim também.

– Era um árabe que ia passando. Infelizmente, ele tinha só este.

O telefone tocou.

Era o dr. Pasquano. O comissário ligou o viva-voz, para que Fazio também ouvisse.

– Montalbano, vai tudo bem?

– Sim. Por quê?

– Como não me encheu o saco hoje de manhã, fiquei preocupado.

– Fez a autópsia?

– Se não tivesse feito, eu lhe telefonaria para quê? Ouvir sua voz melodiosa e apaixonante?

Para chamá-lo, certamente o legista havia descoberto algo importante.

– Então me conte.

– Bem, para começar, a mocinha havia digerido completamente, mas não ainda evacuado, o que havia comido. Portanto, foi assassinada ou por volta das seis da tarde ou ali pelas onze da noite.

– Creio que por volta das seis da tarde.

– Isso é com o senhor.

– E que mais?

Para o doutor, não era agradável dizer aquilo que ele ia dizer.

– Eu me enganei.

– Sobre o quê?

– A garota era virgem. Sem sombra de dúvida.

Montalbano e Fazio se entreolharam, perplexos.

– O que significa isso? – perguntou o comissário.

– Não sabe o que significa virgem? Bem, deve saber que as mulheres que ainda não...

– O senhor sabe muitíssimo bem a que eu me refiro, doutor.

Montalbano não estava com vontade de brincar. Pasquano não replicou.

– Se a garota morreu virgem – continuou o comissário –, isso vem a significar que o motivo do homicídio foi outro.

– O senhor é um campeão olímpico, sabia?

Montalbano não entendeu.

– Como assim?

– Um campeão na corrida de cem metros.

– Por quê?

– Está correndo demais, meu amigo. Velocidade excessiva. Não lhe é habitual tirar conclusões precipitadas. O que está lhe acontecendo?

"Acontece que eu envelheci", pensou amargamente o comissário, "e quero chegar depressa à conclusão de uma investigação que me pesa."

– Bem... – recomeçou Pasquano. – Confirmo que, no momento que foi assassinada, a mocinha estava na posição que eu lhe falei.

– Então, pode me explicar por que o assassino a mandou ficar naquela posição, depois de obrigá-la a se despir, senão para possuí-la?

– Não encontramos as roupas e, portanto, não sabemos se o assassino a obrigou a se despir antes ou se ele mesmo a despiu depois. Seja como for, a questão das roupas é irrelevante, Montalbano.

– O senhor acha?

– Mas é claro! Assim como é irrelevante que ele tenha embrulhado o corpo e o metido no baú!

– Ele não fez isso para escondê-lo?

– Montalbano, sabia que estou achando o senhor realmente fora de forma?

– Talvez seja a idade, doutor.

– Mas como?! O assassino se preocuparia em enfiar o cadáver no baú, deixando a dois metros de distância uma poça de sangue tão grande que parece um lago?

– Mas então por que, em sua opinião, ele a colocou dentro do baú?

– Com todos os homicídios que passaram por suas mãos, o senhor vem perguntar pra mim? Ora, para escondê-la de si mesmo, meu querido, e não de nós! É uma espécie de recalque concreto e imediato.

Pasquano tinha razão.

Quantos eram os assassinos ocasionais que cobriam o rosto da vítima, sobretudo se fosse uma mulher, com uma coisa qualquer, um pedaço de pano, uma toalha, um lençol?

– O senhor deve partir do único ponto seguro de que dispomos – continuou o doutor –, e que é a posição da garota quando o assassino a degolou. Se refletir um pouquinho, verá que...

– Compreendi o que o senhor quer me dizer.

– Se finalmente compreendeu, me diga.

– Que talvez o assassino, no último instante, ao não conseguir violentá-la porque brochou de repente, foi tomado por um ráptus irresistível e puxou a faca.

– A qual, como nos explicam na psicanálise, é um substituto do membro. Bravo!

– Passei no exame?

– Mas poderia haver uma outra hipótese – prosseguiu Pasquano.

– Qual?

– De que o assassino a tenha sodomizado.

– Deus meu – murmurou Fazio.

– Mas como? – revoltou-se o comissário. – O senhor me enche de blá-blá-blá durante meia hora e no final, só no último instante, se digna a me dizer a coisa que deveria me dizer logo de início?

– É que não estou cem por cento seguro. Não me foi possível estabelecer isso com certeza. Passou tempo demais. Mas, por certos sinais mínimos, eu me inclinaria para o sim. Repito: me inclinaria, condicional.

– Em suma, não quer passar do condicional a um tempo verbal como o presente do indicativo.

– Sinceramente, não.

– Nada é tão ruim que não possa piorar – comentou amargamente Fazio, quando o comissário desligou.

Montalbano permanecera pensativo. Fazio continuou:

– Doutor, lembra que me disse que, quando pegarmos o assassino, vai quebrar a cara dele?

– Sim. E confirmo.

– Me permite participar da festa?

– Será bem-vindo. Convocou Dipasquale?

– Para as seis horas de hoje, depois que ele terminar no canteiro.

Quando Fazio ia saindo, o telefone tocou novamente.

– Dotor? Aconteceria que tá no tilifone o peromotor Dommaseo.

– Pode transferir.

– Escute você também – disse o comissário a Fazio, ligando de novo o viva-voz.

– Montalbano?

– Doutor?

– Gostaria de informar que estive com os Morreale para comunicar-lhes a funesta notícia.

Voz dolente e comovida.

– Fez muito bem, doutor.

– Foi terrível, sabe?

– Posso imaginar.

Mas Tommaseo queria contar a ele o calvário sofrido.

– A pobre sra. Francesca, a mãe, desmaiou. O pai, acredite, começou a perambular pela casa, falando coisas sem sentido, e sequer conseguia aguentar-se de pé.

Tommaseo esperava um comentário por parte de Montalbano, que o satisfez.

– Oh, coitadinhos!

– Por todos esses longos anos, sempre esperaram que a filha estivesse viva... Sabe como se costuma dizer? A esperança...

– ...é a última que morre – completou Montalbano, satisfazendo mais uma vez o promotor e o xingando mentalmente por causa da frase feita.

– Isso mesmo, caro Montalbano.

– Portanto, não tiveram condições de fazer o reconhecimento.

– Mas o reconhecimento foi feito! A morta é realmente Caterina Morreale!

Montalbano e Fazio se entreolharam, intrigados. Por que Tommaseo se saía agora com uma voz gorjeante, como se fosse um passarinho? Afinal, não se tratava de uma coisa tão alegre assim!

– Fiz questão de acompanhar pessoalmente Adriana, em meu carro – continuou Tommaseo.

– Desculpe, mas quem é Adriana?

– Como assim, quem é? O senhor não me informou que a vítima tinha uma irmã gêmea?

Montalbano e Fazio se entreolharam de novo, incrédulos. O que o promotor estava dizendo? Estaria talvez querendo dar o troco da peça que o comissário pregara nele?

– O senhor tinha razão – continuou Tommaseo, agora com uma voz excitada, como se tivesse acertado na loteria. – Uma jovem verdadeiramente esplêndida!

Eis o motivo do gorjeio!

– Estuda medicina em Palermo, sabe? Ademais, é um caráter verdadeiramente forte, embora, após o reconhecimento, tenha tido uma leve crise, e precisei confortá-la.

Ora, imagine se não estaria pronto a confortá-la com todos os meios à sua disposição, o dr. Tommaseo!

Despediram-se, desligaram.

– Mas não é possível! – disse Fazio. – Vossenhoria sabia que havia uma irmã gêmea!

– Juro que não. Mas é importante que tenhamos sabido disso. Provavelmente a morta se confidenciava com ela. Você pode telefonar à casa dos Morreale e perguntar se eu posso dar uma passada lá amanhã de manhã, por volta das dez?

– Mesmo sendo 15 de agosto?

– E pra onde você acha que eles vão? Estão de luto!

Fazio saiu e voltou cinco minutos depois.

– Sabe que foi justamente Adriana quem me atendeu? Disse que talvez seja melhor não ir à casa deles, os pais estão realmente mal. Não conseguem nem falar. Então propôs vir ela mesma aqui, ao comissariado, amanhã, no horário que vossenhoria pediu.

Enquanto esperava Dipasquale, o comissário ligou para a agência Aurora.

– Sr. Callara? Montalbano.

– Alguma novidade, comissário?

– Não tenho nenhuma. E o senhor?

– Eu, sim.

– Aposto que informou à dona Gudrun Speciale a descoberta do andar irregular.

– Adivinhou! Telefonei para ela assim que me recuperei um pouco daquele susto horrível que levei quando abri o baú. Maldita curiosidade, a minha!

– O que se pode fazer, sr. Callara? Infelizmente, as coisas foram desse jeito.

– Sempre fui assim, muito curioso! Sabia que certa vez, quando eu ainda era menino...

Só faltavam mesmo as memórias juvenis do sr. Callara.

– O senhor estava dizendo que telefonou para dona Gudrun...

– Ah, sim, mas não falei da pobre mocinha assassinada.

– Fez bem. O que a dona Gudrun decidiu?

– Me encarregou de providenciar a legalização e de mandar os papéis para ela assinar.

– É o mais correto.

– Sim, mas no fax que ela me enviou estava escrito também que depois me daria a procuração para a venda. Sabe o que me passou pela cabeça? Que eu mesmo poderia comprar aquela *villa*, quem sabe? O que acha?

– O senhor é o agente imobiliário, a decisão é sua. Até logo.

– Espere. Preciso lhe dizer mais uma coisa. Como eu a aconselhei honestamente a não vender a *villa*...

Honestamente no sentido de que, se a sra. Gudrun vendesse o imóvel, Callara perderia o percentual sobre o aluguel.

– ...ela respondeu que não queria mais ouvir falar daquela casa.

– O senhor perguntou por quê?

– Sim. Ela disse que me escreveria a respeito. E justamente hoje de manhã me chegou um fax com a explicação do motivo para ela querer vender. Creio que esse fax pode interessar ao senhor.

– A mim?

– Sim. Diz que o filho, Ralf, está morto.

– Como?!

– Pois é. Encontraram os restos mortais uns dois meses atrás.

– Os restos? Então é coisa antiga?

– Sim. Parece que Ralf morreu quando voltava para Colônia com o sr. Speciale. Ela me enviou também um recorte de jornal alemão com a tradução.

– Quando o senhor pode me dar esses papéis?

– Hoje à noite mesmo, depois que eu fechar a agência. Passo no comissariado e deixo com aquele agente que fica na entrada.

E por que haviam levado seis anos para encontrar esse outro cadáver, ou o que restava dele?

Onze

O olhar de Dipasquale, quando ele entrou no gabinete do comissário, estava mais enviesado do que nunca.

– Sente-se.

– É coisa demorada?

– O quanto for preciso. Sr. Dipasquale, antes de falarmos da *villa* de Pizzo, eu gostaria de aproveitar sua presença aqui para lhe perguntar onde e como eu posso localizar o vigia do canteiro de obras de Montelusa.

– Ainda aquela maldita história do árabe? De novo? Mas se o dr. Lozupone já...

Montalbano fingiu não ter escutado o nome do colega.

– Me informe onde posso localizá-lo. E também repita o nome e o sobrenome dele. Na outra vez o senhor me disse, mas eu me esqueci, não anotei. Fazio, preste atenção, tome nota.

– Pode deixar, doutor.

Como cena improvisada, não estava ruim.

– Comissário, eu digo ao vigia que o senhor quer falar com ele. O nome é Filiberto Attanasio.

– Mas, queira desculpar, como é que vocês entram em contato com ele quando a obra está fechada?

– Ele tem celular.

– Então me dê o número.

– Não tá funcionando. Uma noite dessas... um dia desses o aparelho caiu no chão e se quebrou.

– Bem, então o senhor dá o recado.

– Sim. Mas já vou avisando que antes de dois ou três dias ele não pode vir.

– Por quê?

– Teve um ataque de malária.

O vigia devia ter ficado bastante apavorado.

– Façamos o seguinte. Diga a ele que, quando melhorar, nos telefone. Voltemos ao nosso caso aqui. Eu o convoquei porque hoje de manhã, interrogando dois pedreiros que trabalharam na *villa* de Pizzo, Dalli Cardillo e Miccichè...

– Comissário, não gaste seu fôlego, eu sei muito bem o que aconteceu.

– Quem lhe contou?

– Spitaleri. Miccichè entrou no escritório que nem um maluco e tacou-lhe uma porrada que lhe desconjuntou o nariz. Estava convencido de que Spitaleri queria botar ele numa enrascada. Aquele Miccichè devia ser metido numa jaula pra bicho selvagem! Bem, agora ele pode ir pedir esmola. Como pedreiro, é difícil que ainda encontre trabalho.

– Não existem somente as obras de Spitaleri – disse Fazio.

– Sim, mas basta uma palavra minha ou de Spitaleri...

– ...pra deixá-lo na sarjeta?

– Isso mesmo.

– Tomei nota do que o senhor acaba de dizer e tirarei as devidas conclusões – declarou Montalbano.

– O que isso significa? – perguntou Dipasquale, sem entender.

Mais do que o tom de ameaça, o que o impressionou foi a declaração do comissário em italiano formal.

– Significa que o senhor, em nossa presença, afirmou que tomará providências para que Micciché fique desempregado. Ou seja, ameaçou uma testemunha.

– Testemunha? Testemunha de merda, o senhor quer dizer!

– Não se permita falar dessa maneira aqui!

– E também, se estou ameaçando Micciché, não é pelo que ele disse aqui, mas pelo sopapo que deu em Spitaleri!

Esperto e rápido, o mestre de obras.

– Não mudemos de assunto, por enquanto. Spitaleri nos declarou que as obras na *villa* de Pizzo terminaram em 12 de outubro. E o senhor me confirmou isso. Só que, na verdade, as obras terminaram na manhã do dia seguinte, como soubemos por Micciché.

– E que importância tem isso?

– Quem decide o que é ou não é importante somos nós aqui do comissariado. Spitaleri não podia saber que tinha acontecido esse prolongamento do trabalho porque estava viajando, mas o senhor sabia?

– Sim.

– Aliás, não foi justamente o senhor que decidiu isso?

– Sim.

– Por que não nos disse?

– Me esqueci.

– Tem certeza?

– Por outro lado, na outra vez o senhor também não me falou da garota assassinada.

Queria passar ao contra-ataque, o safado.

– Dipasquale, aqui não estamos fazendo aquele jogo de verdade ou desafio. Seja como for, o senhor, quando esteve aqui, certamente já sabia sobre a jovem assassinada porque Spitaleri havia lhe contado. E fingiu estar por fora.

– E o que eu devia dizer? Nada.

– Ah, não! Uma coisa o senhor disse.

– Qual?

– Quis criar um álibi para si. Nos disse que Spitaleri, quatro dias antes da conclusão dos trabalhos em Pizzo, mandou o senhor a Fela para organizar um novo canteiro de obras. Ora, como é que o senhor, nos dias 11 e 12 de outubro, sempre à tarde, estava em Pizzo, e não em Fela?

Dipasquale nem sequer tentou encontrar desculpas.

– Comissário, o senhor precisa me entender. Eu fiquei muito apavorado quando Spitaleri me contou sobre o cadáver. Então inventei a história de ter sido mandado a Fela. Mas já esperava que, mais cedo ou mais tarde, os senhores iam saber que era mentira.

– Então nos conte exatamente como foram as coisas.

– Veja bem, no dia 11 eu entrei naquele maldito andar de baixo. Queria ver se havia umidade ou alguma infiltração. Estive inclusive no salão, mas não tinha nada de estranho.

– E no dia seguinte, o dia 12?

– Voltei lá depois do almoço. Disse a Micciché que não desmontasse a galeria. Ele foi embora e eu fiquei por uma meia hora esperando o sr. Speciale.

– Entrou de novo para conferir?

– Sim. Estava tudo em ordem.

– No salão também? – perguntou Fazio.

– No salão também.

– E depois?

– Finalmente, o sr. Speciale chegou.

– Como ele foi até lá?

– De carro. Tinha alugado um quando chegou aqui.

– O enteado estava com ele?

– Sim.

– Que horas eram?

– Acho que umas quatro.

– Vocês desceram?

– Os três.

– Como faziam para enxergar ali embaixo?

– Eu tinha uma lanterna muito boa. E o sr. Speciale também tinha uma. Ele conferiu tudo minuciosamente, é um homem meticuloso, detalhista. Então perguntei se podíamos fechar a passagem e nivelar a areia e ele me disse que tudo bem. Dei uma última olhada e depois o sr. Speciale e eu saímos. Nos despedimos e fui embora.

– E Ralf?

– O rapaz pediu a lanterna ao padrasto e continuou lá embaixo.

– Pra fazer o quê?

– Sei lá. Ele gostava de estar no subsolo. Olhava as madeiras embrulhadas em plástico e ria. Eu não lhe disse que ele era maluco?

– Então o senhor foi embora, enquanto Speciale e Ralf permaneciam em Pizzo?

– Deixei eles lá. Por outro lado, o sr. Speciale tinha a chave do andar de cima, que estava habitável.

– Recorda que horas foi embora?

– Quase cinco.

– Por que somente às nove da noite avisou a Micciché que ele podia desmontar a galeria?

– Mas eu telefonei no mínimo três vezes e ninguém atendia! Só encontrei ele à noite!

Correspondia. Micciché e a mulher tinham passado a tarde no hospital de Montelusa.

– O que o senhor fez, depois que foi embora de Pizzo?

Dipasquale esboçou uma risadinha.

– O senhor quer um álibi?

– Se tiver, é melhor.

– Eu tenho. Fui pro escritório de Spitaleri, onde estava a secretária. Entre as seis e as oito da noite ele ia ligar pra gente.

– Mas ele ainda não tinha chegado a Bangkok! – exclamou Fazio.

– Claro que não tinha. Mas o avião fazia escala num lugar que não me lembro como se chama. Spitaleri conhece esse trajeto. Ele vai muito praquelas bandas.

– Ele ligou?

– Sim.

– Esse telefonema era importante?

– Bastante. Era sobre uma empreitada que deviam nos encomendar. Se encomendassem, eu devia providenciar logo algumas coisas.

"Entre as quais, por exemplo, ir distribuir as devidas taxas de proteção e propinas aos Sinagra, aos Cuffaro, ao prefeito e a quem de direito", pensou o comissário, mas não disse nada.

– Estou curioso: encomendaram? – perguntou Fazio.

– No dia 12, ainda não tinham decidido. Decidiram no dia 14.

– A favor de vocês? – insistiu Fazio.

– Sim.

Claro, alguma dúvida?

– Vocês informaram a Spitaleri?

– Sim, no dia seguinte. Nós mesmos ligamos pra ele no hotel de Bangkok.

– Nós quem?

– Eu e a secretária. Em resumo, se os senhores quiserem saber o que aconteceu em Pizzo depois que eu fui embora, precisam telefonar ao sr. Speciale na Alemanha.

– Ele morreu. Não sabia?

– Teve um ataque?

– Não, caiu da escada de casa.

– Bem, sempre podem perguntar a Ralf.

– Ralf também morreu. Eu soube justamente uma meia hora atrás.

Dipasquale ficou boquiaberto.

– Co... como assim?

– Entrou no trem com o padrasto, mas não chegou até a Colônia. Deve ter caído.

– Então aquela *villa* de Pizzo é mesmo amaldiçoada! – comentou o mestre de obras, transtornado.

"Eu que o diga!", pensou Montalbano.

O comissário pegou em cima da escrivaninha a ficha com a foto da garota e a passou a Dipasquale. Este a recebeu, olhou a foto e uma labareda rubra lhe cobriu a cara.

– O senhor a conhece?

– Sim. É uma das gêmeas que moravam na última casa antes de se chegar à *villa* de Pizzo.

Eis por que a denúncia de desaparecimento havia sido em Fiacca! Na época, Montereale dependia daquele comissariado.

– Esta é a garota assassinada? – perguntou Dipasquale, ainda segurando a ficha.

– Sim.

– Tenho certeza de que...

– Fale.

– Lembra do que eu lhe contei na outra vez? Esta é a mocinha que Ralf seguiu pelado e que Spitaleri salvou.

E de repente Dipasquale se deu conta de que tinha cometido um erro. Falando sem refletir, havia metido Spitaleri no meio. Tentou consertar.

– Ou talvez não. Ou melhor, nada disso. Eu me enganei. Esta é a irmã gêmea, tenho certeza.

– O senhor via as gêmeas com frequência?

– Com frequência, não. Às vezes. Para ir a Pizzo, a gente precisava passar em frente à casa onde elas moravam.

– Então, por que Micciché diz que nunca a viu?

– Comissário, os pedreiros chegavam no canteiro às sete da manhã. A essa hora as moças estavam dormindo. Eles largavam o serviço às cinco e meia, quando as mocinhas ainda estavam na praia. Já eu ia e vinha da obra várias vezes.

– E o projetista Spitaleri?

– Ele, mais raramente.

– Obrigado, pode ir – concluiu Montalbano.

– O que vossenhoria achou do álibi de Dipasquale? – perguntou Fazio, quando o mestre de obras saiu.

– Que pode ser verdadeiro ou pode ser falso. Está baseado num telefonema de Spitaleri que não sabemos se realmente aconteceu.

– Podemos perguntar à secretária.

– Está de brincadeira? A secretária vai fazer e dizer tudo o que Spitaleri a mandar fazer ou dizer. Do contrário, vai ser demitida. E, com a falta de trabalho que temos hoje em dia, imagine se ela vai arriscar o emprego.

– Tenho a impressão de que não estamos avançando.

– Eu também. Vamos ver o que Adriana nos diz amanhã.

– Vossenhoria pode me explicar por que quer falar com Filiberto?

– Mas eu não quero falar com ele. O que me interessava era ver a reação de Dipasquale. Se ele desconfiava de nós dois, em relação àquela noite.

– Acho que ainda não imaginam que fomos nós.

– Mais cedo ou mais tarde, eles chegam lá.

– E o que vão fazer?

– Creio que não vão sair a descoberto. Spitaleri vai se lamentar com seus amiguinhos protetores, e eles farão alguma coisa.

– O quê?

– Fazio, primeiro vamos esperar que nos quebrem a cabeça, e depois começamos a chorar.

– Bom – principiou Fazio. – Eu estou in...

Foi interrompido por um estrondo quase igual a um tiro de canhão. Era a porta que havia batido contra a parede. Catarella ainda mantinha um braço erguido e o punho fechado. Na outra mão, trazia um envelope.

– Me adesculpe, dotor, pelo barulho. Trazeram uma carta agorinha mesmo.

– Me entregue e desapareça, antes que eu lhe dê um tiro.

Era um envelope grande, dentro do qual havia duas páginas de fax. Vinha da Alemanha e era endereçado à agência de Callara.

– Escute você também, Fazio. Trata-se da notícia da morte de Ralf, que Callara já me comunicou.

Montalbano passou a ler em voz alta.

Prezado senhor,
Três meses atrás, aconteceu-me ler uma notícia de jornal cuja cópia agora remeto a V.Sa., com tradução anexa.
Talvez por instinto materno, senti de imediato que aqueles míseros restos mortais deviam pertencer ao meu pobre Ralf, por mim tão longamente aguardado ao longo de todos estes anos.

Solicitei que fosse feita uma comparação do DNA do falecido com o meu. Não foi nada fácil obtê-la, precisei insistir muito.
Finalmente, alguns dias atrás, chegou o resultado. Os dados correspondem perfeitamente: os restos mortais são, sem sombra de dúvida, do meu pobre Ralf.
Como não foram encontrados vestígios de roupas, a polícia acredita que Ralf tenha se levantado no meio da noite, durante a viagem de trem, para ir ao banheiro, mas, por engano, tenha aberto a porta externa do compartimento, precipitando-se no vazio.
Aquela villa siciliana só nos trouxe desventura. Provocou a morte do meu filho Ralf e do meu marido Angelo, o qual, após a viagem à Sicília e certamente por causa do desaparecimento de Ralf, não foi mais o mesmo homem.
É essa a razão pela qual desejo que a villa seja vendida.
Nos próximos dias enviarei a V.Sa., por fax, uma cópia de todos os documentos relativos à construção da villa: o projeto, o alvará, o registro e os contratos com a empresa Spitaleri. Eles serão úteis tanto para o pedido de regularização quanto para a futura venda.

GUDRUN WALSER

A tradução da matéria de jornal dizia:

ENCONTRADOS OS RESTOS MORTAIS DE UM DESCONHECIDO

Após um incêndio ocorrido anteontem no denso matagal do talude ferroviário a cerca de vinte quilômetros de Colônia, os bombeiros que intervieram

para debelar as chamas descobriram restos humanos dentro de um conduto semienterrado. Não foi possível nenhuma identificação, uma vez que junto aos restos não foram encontrados nem roupas nem documentos.
A autópsia revelou que os restos pertencem indubitavelmente a um jovem e que a morte remonta a pelo menos cinco anos atrás.

– Essa queda do trem não me convence – comentou Fazio.

– A mim também não. Segundo a polícia, Ralf teria se levantado no meio da noite para ir fazer suas necessidades. E vai fazê-las nu? E se encontrasse alguma pessoa no corredor?

– O que vossenhoria acha?

– Sei lá, são apenas suposições, nunca teremos uma prova, uma confirmação. É possível que Ralf tenha notado alguma passageira jovenzinha e decidido ir abraçá-la pelado, como Dipasquale nos contou que ele costumava fazer. E pode ter encontrado um marido, um pai, um namorado que o arremessou pela janela do trem.

– Essa explicação me parece um pouquinho forçada.

– Pode haver outra. Suicídio.

– Mas por quê?

– Façamos uma hipótese partindo do fato de que, naquela tarde de 12 de outubro, Angelo Speciale e o enteado ficaram sozinhos em Pizzo, como afirma Dipasquale. Suponhamos que Angelo vai curtir o pôr do sol no terraço, enquanto Ralf vai fazer uma caminhada em direção à casa dos Morreale. Lembre-se de que, segundo Dipasquale, certa vez Ralf tentou agarrar Rina. Então, ele a encontra casualmente e, dessa vez, não quer deixá-la escapar. Ameaça a garota com a faca e a obriga a segui-lo até o andar subterrâneo. E, lá, acontece a tragédia. Ralf embrulha a garota, mete-a no baú, pega as roupas dela, esconde tudo dentro da *villa* e depois sobe ao terraço pra fazer companhia a Angelo. Mas este, talvez no último dia, descobre as roupas da garota, que certamente ficaram ensanguentadas enquanto Ralf a matava.

– Mas ele não tinha mandado que ela ficasse nua?

– Não sabemos, ele pode tê-la despido somente depois. Pra fazer o que ele queria fazer, não era preciso deixá-la completamente nua.

– E como isso tudo acaba?

– Acaba que Angelo, durante a viagem de trem, obriga Ralf a confessar o homicídio. E, depois de confessar, o rapaz se mata jogando-se do trem. Se você quiser, posso criar uma variante.

– Qual?

– É Angelo que o arremessa do trem, matando o monstro.

– Que exagero, doutor!

– Seja como for, lembre-se que a sra. Gudrun escreve que o marido, quando chegou a Colônia, já não parecia o mesmo. Portanto, alguma coisa deve ter acontecido.

– Alguma coisa, como assim?! Aconteceu que pela manhã o coitado, ao acordar no vagão-leito, não encontrou mais o enteado!

– Em suma, você não vê Speciale como assassino?

– Não mesmo.

– Mas veja que nas tragédias gregas...

– Doutor, aqui nós estamos em Vigàta, e não na Grécia.

– Diga a verdade: gostou ou não, como história?

– Parece boa para a televisão.

Doze

O dia havia sido longo, e tornado ainda mais longo pelo calor sufocante de agosto. Montalbano se sentia um tantinho cansado. Mas não lhe faltava o apetite.

Decepcionou-se quando abriu o forno porque não encontrou nada, mas, quando abriu a geladeira, viu uma espécie de salada de lula, aipo, tomate e cenoura, a temperar com azeite e limão. Adelina, corretamente, deixara pronto para ele um prato a ser comido frio.

Na varanda circulava um ventinho recém-nascido, de pouca força, incapaz de remover a massa compacta do mormaço que ainda resistia naquele início de noite. Mas era melhor do que nada.

Ele tirou a roupa, vestiu um calção e correu para o mar. Nadou demoradamente, com amplas e lentas braçadas. Depois voltou à margem, entrou em casa, preparou a mesinha da varanda e começou a comer. Em seguida, como ainda tinha fome, fez um pratinho com azeitonas verdes, *passuluna** e um *caciocavallo* que pedia, ou melhor, exigia, um bom vinho.

Na varanda, o ventinho passara da infância à juventude e agora se fazia sentir.

O comissário decidiu aproveitar o momento favorável, quando os pensamentos não se atropelavam em consequência do calor, para refletir sobre a investigação que estava fazendo. Liberou a mesinha de pratos, talheres e copos e os substituiu por folhas de papel.

Já que não gostava de fazer anotações, decidiu escrever uma carta para si mesmo, como às vezes fazia.

> *Prezado Montalbano,*
> *Sou obrigado a constatar que, ou por um início de retardamento senil ou pelo calorão destes dias, seus pensamentos perderam todo o brilho, tornaram-se extremamente opacos e se movem devagar. Você mesmo pôde constatar isso ao longo do diálogo com o dr. Pasquano, que foi por ele amplamente vencido na contagem de pontos.*
> *Pasquano levantou duas hipóteses sobre o fato de o assassino ter levado consigo as roupas da garota: primeira, tratou-se de um gesto irracional; segunda, o assassino as levou dali porque é um fetichista. São hipóteses viáveis.*
> *Mas pode haver uma terceira. Essa lhe ocorreu hoje, quando você conversava com Fazio, ou seja: de que o assassino tenha se apropriado das roupas porque estavam sujas de sangue. Sujas do sangue*

* Nome dado na Sicília às azeitonas pretas curadas em sal, postas para secar ao sol ou no forno e mais tarde dessalgadas. Ficam "enrugadas", mas macias. (N.T.)

jorrado da garganta da garota quando ele a estava matando.

As coisas, porém, podem ter acontecido de maneira diferente. Convém dar um passo atrás.

Tanto quando descobriu o cadáver como quando o fez ser descoberto oficialmente por Callara, você não viu aquela grande mancha de sangue junto à porta do terraço, e não a viu pelo simples motivo de que ela não estava visível a olho nu. Já os caras da Perícia se deram conta dela porque usaram luminol. Se o assassino tivesse deixado a grande mancha tal como se formou sobre o pavimento, algum vestígio de sangue seco teria permanecido sobre os ladrilhos, mesmo após seis anos. No entanto, não se via nada.

Isso significa o quê?

Significa que o homem, depois de matar a moça, depois de embrulhá-la, depois de metê-la no baú, usou as roupas dela para lavar, ainda que de modo superficial, a mancha de sangue. Ele as usou umedecendo-as com um pouco d'água, porque as torneiras já estavam funcionando. Depois colocou-as dentro de um saco plástico que encontrou no local ou que ele mesmo havia levado.

Agora, a pergunta é: por que ele não se livrou das roupas, jogando o saco plástico em cima do cadáver?

A resposta é: porque, para isso, ele deveria reabrir o baú.

E esse gesto lhe era impossível porque significaria encarar um evento, uma realidade que ele havia começado a recalcar. Pasquano tem razão: o assassino escondeu o cadáver para ele mesmo não o ver, e não para escondê-lo de nós.

Há outra pergunta importante. Já foi feita, mas convém repeti-la: era necessário matar a garota? E por quê?

Quanto ao porquê, Pasquano aludiu à possibilidade de uma chantagem ou a um ráptus resultante de uma violenta explosão de raiva por uma repentina impotência.

Minha resposta é: sim, era necessário. Mas por uma só razão, e completamente diferente.

E é a seguinte: a garota conhecia bem o seu agressor. *O assassino deve tê-la obrigado a segui-lo até o andar subterrâneo, mas, uma vez que ela entrou ali, seu destino estava selado. Porque, se o homem a deixasse viva, a garota com certeza iria denunciá-lo pelo estupro ou pela tentativa de estupro. Então, quando a levou lá para baixo, o assassino já sabia que, além de violentá-la, também deveria matá-la. E quanto a isso já não restam dúvidas. Homicídio premeditado.*

Em seguida vem a mãe de todas as perguntas: quem é o assassino? Convém proceder por eliminação.

Spitaleri não pode ser, com toda a certeza. Por mais que você antipatize com ele, por mais que tenha a intenção de fodê-lo por outro assunto, há um fato incontestável: na tarde do dia 12 Spitaleri não estava em Pizzo, mas num voo para Bangkok. A propósito, não esquecer que, para Spitaleri, uma mocinha da idade de Rina já é madura demais para seu gosto.

Miccichè tem um álibi: passou a tarde no hospital de Montelusa. Você pode mandar investigá-lo, se quiser, mas é perda de tempo.

Dipasquale afirma ter um álibi. Saiu de Pizzo por volta das 17h e foi ao escritório de Spitaleri para receber o telefonema. Às 21h, falou com Miccichè. Mas não nos disse o que fez depois de ter estado no escritório de Spitaleri. Afirmou que haviam combinado com Spitaleri que este iria telefonar entre 18h e 20h. Digamos que, por hipótese, esse telefonema tenha ocorrido às 18h30. Dipasquale sai do escritório e, casualmente, encontra Rina. Ele a conhece, pergunta se ela quer carona até Pizzo. A garota aceita e... Às 21h, Dipasquale pode tranquilamente telefonar a Miccichè.

Ralf. Ficou em Pizzo com o padrasto depois que Dipasquale foi embora. Conhece Rina, já tentou atacá-la. E se as coisas tiverem sido como você já disse a Fazio? Permanece o mistério da morte dele, que poderia estar ligada, de algum modo, à sua culpa. Mas acusar Ralf é, mais do que tudo, um ato de fé. Ele está morto, seu padrasto está morto. Nenhum dos dois poderá nos dizer como foram as coisas.

Em conclusão: Dipasquale seria o suspeito número um. Mas você não está convencido.

Grande abraço, e fique bem.

Seu amigo Salvo

Estava tirando o calção para ir se deitar quando sentiu, de repente, o desejo de ouvir Livia. Ligou do fixo para o celular dela. O telefone tocou um tempão, mas ninguém atendia.

Como era possível? O barco de Massimiliano era tão grande que Livia não ouvia o aparelho? Ou estava muito ocupada, muito envolvida com outras coisas para atender ao telefone?

Ele já ia desligando, enfurecido, quando ouviu a voz de Livia.

– Alô? Quem é?

Como assim, quem é? Não podia ler no display, ou lá como caralho se chamava, o número de quem estava ligando?

– Aqui é Salvo.

– Ah, é você.

Não decepcionada. Apenas indiferente.

– O que você estava fazendo?

– Dormindo.

– Onde?

– No convés. Adormeci sem me dar conta. É tudo tão tranquilo, tão bonito...

– Onde estão?

– Navegando a caminho da Sardenha.

– E Massimiliano está onde?

– Estava ao meu lado quando adormeci. Agora creio que foi...

Montalbano desligou, tirou o aparelho da tomada.

"Estava ao meu lado quando adormeci."

E Massimiliano, aquele veado de merda, estava fazendo o quê? Cantando um acalanto para ela?

O comissário estava uma pilha de nervos quando foi se deitar.

E para pegar no sono, só mesmo com a mão de Deus.

Em vão ele fora nadar assim que acordou, em vão se metera embaixo da ducha, que devia estar fria, mas estava quente porque a água nas caixas em cima do telhado fervia tanto que você podia cozinhar massa nela, e em vão se vestira com a roupa mais leve possível.

Assim que botou os pés fora de casa, constatou que tudo havia sido inútil, o calorão era uma verdadeira labareda.

Entrou de volta em casa, meteu numa sacola de supermercado uma camisa, uma cueca e uma calça tão finas que pareciam feitas de casca de cebola, e finalmente partiu.

Chegou ao comissariado com a camisa encharcada de suor e a cueca fundida com a pele da bunda, de tão grudada que estava.

Catarella tentou se levantar e assumir a posição de sentido, mas não conseguiu e caiu de volta na cadeira, sem forças.

– Ah, dotor, dotor! Eu tô morreno! Parece um fogo diabólisco!

– Coragem!

Foi se trancar no banheiro. Ficou pelado, tomou banho, tirou da sacola a camisa, a cueca e a calça, vestiu-as, deixou pendurada no banheiro a roupa suada, entrou em seu gabinete e ligou o miniventilador.

– Catarella!

– Tô chegano, dotor.

Ele estava fechando a veneziana quando Catarella entrou.

– Pode mand...

Catarella interrompeu-se, apoiou-se à escrivaninha com a mão esquerda e levou a direita à testa, fechando os olhos. Parecia a ilustração de um manual de interpretação teatral do século XIX com a legenda: estupor e angústia.

– Vigemaria, vigemaria, vigemaria... – disse, como se recitasse uma ladainha.

– Está se sentindo mal, Catarè?

– Vigemaria, dotor, que pavor! O calor subiu no meu célebro!

– O que você tem?

– Nada, dotor, pode falar, que eu tô muito bem. Os uvido funciona, os olho é que tão falseando!

E não se moveu, ficou com olhos fechados e a mão na testa.

– Escute, no banheiro tem umas roupas minhas que eu troquei.

– Vossenhoria se trocou?! – espantou-se Catarella.

Pareceu aliviado. Abriu os olhos, tirou a mão da testa e fitou Montalbano como se o visse pela primeira vez.

– Quer dizer então que vossenhoria se trocou!

– Catarella, eu troquei de roupa, por que todo esse espanto?

– Não, dotor, foi um inquínvoco! Eu vi vossenhoria entrar vestido de um jeito e depois vi vestido de outro e aí achei que tava tresvariando por causa do calor. Ainda bem que foi porque se trocou!

– Escute, vá pegar as roupas penduradas e coloque para secar no pátio.

– Vou cuidar disso imediatissimamente.

Ao sair, Catarella ia fechando a porta, mas o comissário o deteve.

– Deixe aberta, assim entra uma correntezinha de ar.

A linha direta tocou. Era Mimì Augello.

– Como vai, Salvo? Procurei você em casa, não atendia, e depois achei que você não estaria nem aí para o feriado de 15 de agosto e então...

– Fez bem, Mimì. Como vai Beba? E o garotinho?

– Pois é, Salvo, nem me fale. Sabia que desde que chegamos aqui ele teve febre o tempo todo? Moral: não tivemos um só dia de folga. Só passou ontem, finalmente. E amanhã eu devo voltar ao trabalho...

– Entendo, Mimì. Por mim, se você quiser ficar aí por mais uma semana, tudo bem.

– É mesmo?

– Mesmo. Um abraço em Beba e um beijo no seu filho.

Cinco minutos depois, tocou o outro telefone.

– Ah, dotor, dotor! Tem o senhor e chefe de polícia o qual diz que deseja urgenciamente...

– Diga que eu não estou.

– E onde eu digo que vossenhoria foi?

– Ao dentista.

– Tá com dor de dente?

– Não, Catarè, é só a desculpa que você deve dar a ele.

Puxa vida, o senhor e chefe de polícia enchia o saco até no feriado de 15 de agosto?

Enquanto assinava uns papéis que, segundo Fazio, estavam atrasados alguns meses, Montalbano ergueu casualmente a vista. No corredor, viu Catarella vindo em direção à sua sala. Notou algo de estranho no modo de caminhar dele, mas o quê? Assim que se perguntou isso, entendeu.

Catarella, caminhando, dançava. Isto mesmo, dançava.

Mantendo-se na ponta dos pés, com os braços afastados do corpo, de vez em quando esboçava uma meia-volta. O calor teria realmente lhe subido à cabeça? Quando ele entrou na sala, o comissário percebeu que mantinha os olhos fechados. Maria Santíssima, teria se tornado sonâmbulo?

– Catarella!

Catarella, que havia chegado à altura da escrivaninha, abriu as pálpebras, zonzo.

Tinha um olhar perdido.

– Hã? – fez ele.

– O que deu em você?

– Ah, dotor, dotor! Chegou uma mocinha que só mesmo vendo! Igualzinha à pobre mocinha sassinada! Nossenhora, como é bonita! Nunca vi uma igual.

Então havia sido a Beleza, com B maiúsculo, a tornar dançante o passo de Catarella e sonhador o seu olhar.

– Mande entrar e avise a Fazio.

Viu-a chegar do fundo do corredor.

Catarella a precedia literalmente dobrado em dois, enquanto fazia com as mãos um movimento estranho, como se varresse o chão no qual a jovem deveria pisar. Ou, quem sabe, estendia diante dela um tapete invisível?

E à medida que a garota se aproximava e se distinguiam melhor seus traços, os olhos, a cor dos cabelos, o comissário ia se levantando devagar, sentindo que se afogava prazerosamente numa espécie de bem-aventurado nada.

Cabeça de ouro mortiço
com olhos de azul do céu,
quem te ensinou o feitiço
de me fazer não ser eu?

Era uma quadrinha de Fernando Pessoa que soava dentro dele.

Fazendo um esforço, emergiu do nada para retornar ao gabinete.

Mas só conseguiu aplicando em si mesmo um golpe baixo, maligno, tão doloroso quanto necessário:

"Ela poderia ser sua filha."

– Eu sou Adriana Morreale.

– E eu, Salvo Montalbano.

– Peço desculpas pelo atraso, mas...

Estava meia hora atrasada.

Trocaram um aperto de mãos. A do comissário estava um tantinho suada; a de Adriana, enxuta. Ela estava toda fresquinha, cheirando a sabonete, como se não viesse lá de fora, mas como se tivesse acabado de sair do chuveiro.

– Sente-se. Catarella, chamou Fazio?

– Hã?

– Avisou a Fazio?

– É pra imediatissimamente, dotor.

Saiu com a cabeça voltada para trás, a fim de ver a garota até o último instante.

Montalbano aproveitou para observá-la e ela se deixou observar.

Devia estar habituada.

Jeans colados às pernas longuíssimas, camiseta decotada azul, sandálias. Um ponto a seu favor: o umbigo não estava à mostra. E era evidente que não usava sutiã. Não tinha um pingo de maquiagem, não fazia nada para ser bonita. E o que mais ela poderia fazer?

Contemplando-a melhor, ele constatou que havia alguma diferença em relação à foto da irmã gêmea. Sem dúvida resultante do fato de que Adriana tinha seis anos a mais, e não deviam ter sido anos fáceis. Os olhos eram iguais em formato e cor, mas aquela inocência refulgente que havia na mirada de Rina já não existia na de Adriana. Além disso, a garota que estava diante dele tinha uma pequenina ruga no canto da boca.

– A senhorita mora com seus pais em Vigàta?

– Não. Eu logo entendi que minha presença representava um sofrimento para eles. Viam em mim a minha irmã, que não existe mais. Então, quando me matriculei na universidade, eu faço medicina, comprei um apartamentinho em Palermo. Mas volto com frequência, não gosto de deixá-los sozinhos por muito tempo.

– Que ano está cursando?

– Me matriculei no terceiro.

Fazio entrou e, mesmo tendo sido preparado por Catarella, arregalou os olhos assim que a viu.

– Meu nome é Fazio.

– Eu sou Adriana Morreale.

– Talvez seja melhor você fechar a porta – disse Montalbano a Fazio.

Do contrário, dali a cinco minutos, assim que chegasse a todos a notícia da beleza da garota, o corredor ficaria mais engarrafado do que uma rua de cidade na hora do rush.

Fazio fechou e se sentou na outra cadeira diante da escrivaninha. Mas, desse jeito, viu-se cara a cara com a garota. Então preferiu recuar até ficar ao lado da escrivaninha, um tantinho deslocado para frente em relação a Montalbano.

– Peço desculpas por não o receber lá em casa, comissário.

– Ora, imagine! Entendo perfeitamente.

– Obrigada. Faça todas as perguntas que quiser.

– Coube à senhorita, segundo nos disse o dr. Tommaseo, a dolorosa tarefa de reconhecer o cadáver. Muito me desagrada, acredite, mas meu trabalho me obrigará, e desde já lhe peço desculpas, a fazer-lhe perguntas que...

E foi então que Adriana fez uma coisa que nem Fazio nem Montalbano esperavam. Jogou a cabeça para trás e começou a rir.

– Deus do céu, mas falam do mesmo jeito! O senhor e Tommaseo falam do mesmo jeito! Quase com as mesmas palavras! Por acaso são obrigados a fazer um curso especial?

Montalbano se sentiu ao mesmo tempo ofendido e liberado. Ofendido por ter sido comparado a Tommaseo e liberado porque entendeu que a garota não gostava de formalidades, eles a faziam rir.

– Eu lhe disse – prosseguiu Adriana – para me fazer todas as perguntas que quiser. Pode fazer sem ficar pisando em ovos. Além do mais, esse não me parece ser o seu gênero.

– Agradeço – disse Montalbano.

Fazio também fez uma cara aliviada.

– A senhorita, ao contrário dos seus pais, sempre imaginou que sua irmã estava morta, verdade?

Isso mesmo: indo direto ao ponto, do jeito que ela queria e que era o melhor para todos.

Adriana o encarou, com admiração.

– Sim, mas não imaginei. Eu sabia.

Montalbano e Fazio, simultaneamente, deram um pulinho na cadeira.

– Sabia como? Quem lhe disse?

– Verbalmente, ninguém.

– Como, então?

– Meu corpo me disse. E eu habituei meu corpo a nunca mentir para mim.

Treze

Afinal, o que ela queria dizer?

– Poderia me explicar como foi que...

– Não é fácil. Resulta do fato de sermos gêmeas univitelinas. Era um fenômeno de difícil explicação, que às vezes nos acontecia. Uma espécie de confusa comunicação emocional à distância.

– Pode explicar mais?

– Claro. Mas, de saída, quero esclarecer que não se tratava de um fenômeno do tipo: se uma de nós arranhasse um joelho, a outra, mesmo que estivesse longe, sentia dor no mesmo joelho. Nada disso. Tratava-se, no máximo, da transmissão de uma forte emoção. Quando a vovó morreu, por exemplo, Rina estava presente, mas eu estava em Fela, brincando com uns primos. Pois bem, de repente fui invadida por tamanha tristeza que caí no choro sem motivo aparente. Rina havia me transmitido sua situação emocional daquele momento.

– Isso acontecia sempre?

– Nem sempre.

– Onde estava a senhorita, no dia em que sua irmã não voltou para casa?

– Justamente na manhã do dia 12 eu tinha partido para Montelusa, a fim de ver meus tios. Devia ficar com eles por dois ou três dias, mas voltei na mesma noite, já tarde, quando papai telefonou aos tios dizendo que Rina havia desaparecido.

– Escute... na tarde ou na noite do dia 12... teria havido entre sua irmã e a senhorita... em suma, aquela comunicação...

Montalbano não conseguia formular direito a pergunta. Adriana veio em seu auxílio.

– Sim, houve. Às 19h38. Eu consultei instintivamente o relógio.

Montalbano e Fazio se entreolharam.

– O que aconteceu?

– Na casa dos tios eu tinha um quartinho pra mim. Estava sozinha, escolhendo como me vestir porque havíamos sido convidados para jantar na casa de uns amigos... De repente senti não uma emoção como das outras vezes, mas algo físico. Ela foi estrangulada, não?

Tinha chegado perto.

– Não exatamente. O que o dr. Tommaseo disse?

– O dr. Tommaseo nos disse que ela havia sido assassinada, mas não esclareceu como. Disse também onde ela havia sido encontrada.

– Quando foi ao necrotério para o reconhecimento, a senhorita...

– Pedi que me mostrassem somente os pés. Isso me bastaria. O dedão do pé direito ela era...

– Eu sei. Mas, depois, não perguntou ao dr. Tommaseo como Rina havia sido morta?

– Escute, comissário, depois do reconhecimento eu só pensava em me livrar do dr. Tommaseo o mais depressa possível.

Ele começou a me consolar me dando uns tapinhas nas costas, mas em seguida foi deslizando a mão para baixo, cada vez mais. Por natureza, não sou inclinada a bancar a virgem intocável, pelo contrário... Mas aquele homem realmente me aborreceu. O que ele deveria ter me contado?

– Que sua irmã foi degolada.

Adriana empalideceu e levou a mão à garganta.

– Meu Deus! – murmurou.

– Pode me dizer o que sentiu naquele dia 12?

– Uma dor violenta no pescoço. Por um minuto, que me pareceu eterno, não consegui respirar. Mas, na hora, não achei que aquela dor se referisse a alguma coisa que estava acontecendo à minha irmã.

– Achou que a dor se referia a quê?

– Veja bem, comissário, Rina e eu éramos idênticas. Mas só fisicamente. No modo de pensar, no modo de agir, porém, éramos muitíssimo diferentes. Por exemplo, Rina jamais cometeria uma transgressão, ainda que pequena, mínima. Já eu, não. Desde cedo eu gostava de transgredir. E por esse motivo havia começado a fumar às escondidas. Naquela ocasião, com a janela do quartinho aberta, eu já tinha fumado três cigarros, um atrás do outro. Só pela diversão. Então, foi natural pensar que aquela dor havia sido provocada pelo fumo.

– E quando foi que se deu conta de que se tratava de sua irmã?

– Logo depois.

– Por quê?

– Liguei aquilo a um outro fato que havia me acontecido poucos minutos antes.

– Pode nos dizer o quê?

– Prefiro não dizer.

– Contou depois aos seus pais... esse contato com sua irmã?

– Não. Esta é a primeira vez que falo disso.

– Por que não contou?

– Porque era um segredo entre mim e Rina. Tínhamos jurado não dizer a ninguém.

– Entre a senhorita e sua irmã, havia intimidade?

– Tinha que haver.

– As duas diziam tudo uma à outra?

– Tudo.

Agora, vinham as perguntas mais difíceis.

– Quer que eu mande buscar alguma coisa no bar para a senhorita?

– Não, obrigada. Podemos continuar.

– Não precisa voltar para casa? Seus pais estão sozinhos?

– Obrigada, mas não se preocupe. Chamei uma amiga minha que é enfermeira. Sei que eles estão em boas mãos.

– Rina lhe contou se alguém, nos últimos tempos, a vinha incomodando?

Adriana fez como antes. Jogou a cabeça para trás e começou a rir.

– Acredita, comissário? A partir dos nossos treze anos, não havia homem que não nos incomodasse, como diz o senhor. Pra mim, aquilo era divertido. Já Rina, ou se sentia mal ou ficava furiosíssima.

– Aconteceu um episódio específico que nos foi mencionado, e sobre o qual gostaríamos de saber mais.

– Entendi. O senhor está falando de Ralf.

– A senhorita o conhecia?

– Como não? Quando estavam construindo a *villa* do padrasto dele, Ralf aparecia em nossa casa de Pizzo um dia sim e outro não.

– E o que fazia?

– Chegava e se escondia, esperando que nossos pais fossem ao vilarejo ou descessem para a praia. Depois, quando nos levantávamos, vinha nos espiar pela janela enquanto tomávamos café da manhã. Eu me divertia, às vezes lhe jogava pedaços de pão, como se ele fosse um cachorro. Ele gostava daquela brincadeira. Mas Rina não o suportava.

– Ele era bom da cabeça?

– Está brincando? Era louco de pedra, completamente. Um dia aconteceu uma coisa mais séria. Eu estava sozinha em casa. O chuveiro do primeiro andar não funcionava. Então fui para o banheiro do térreo. Quando saí, topei com ele à minha frente, completamente nu.

– Como ele conseguiu entrar?

– Pela porta da casa. Eu achava que estivesse fechada, mas estava somente encostada. Era a primeira vez que Ralf entrava. Eu não estava coberta nem por uma toalha de mão. Ele me encarou com olhos de cachorro e me pediu um beijo.

– Pediu como?

– Disse: "Por favor, você me beija?".

– A senhorita não teve medo?

– Não. As coisas que me dão medo são outras.

– E como acabou a situação?

– Achei que a melhor saída era fazer a vontade dele. Então dei o beijo. Leve, mas na boca. Ele pousou a mão no meu peito, acariciou-o, depois baixou a cabeça e desabou numa cadeira. Eu subi ao primeiro andar, me vesti e, quando desci de volta, ele não estava mais lá.

– Não achou que ele poderia violentá-la?

– Nem por um instante.

– Por quê?

– Porque eu logo tinha percebido que ele era totalmente impotente. Até mesmo pelo olhar que me dirigia. Tive a confirmação disso quando o beijei e ele me acariciou. Não teve, como direi, nenhuma reação evidente.

O comissário ouviu distintamente, dentro da cabeça, o barulho de todas as suas suposições caindo fragorosamente em pedaços. Ralf obrigando a garota a entrar no andar de baixo da *villa*, violentando-a, matando-a e depois matando-se ele mesmo, ou sendo obrigado a se matar...

Trocou uma olhadela desolada com Fazio, que também parecia perplexo.

Depois Montalbano fitou Adriana com admiração: quantas garotas ele havia conhecido que sabiam dizer as coisas com a mesma franqueza?

– Contou esse episódio a Rina?

– Claro.

– Então por que Rina reagiu fugindo, quando Ralf tentou beijá-la? Não sabia que ele era inofensivo?

– Comissário, eu já disse ao senhor que, sob esse ponto de vista, nós éramos diferentes. Rina não se apavorou, mas se sentiu profundamente ofendida. E fugiu por essa razão.

– Me contaram que o projetista Spitaleri...

– Sim, ia passando de carro naquele momento. Viu Rina fugindo e Ralf a perseguindo, pelado. Então parou, desceu do carro e deu um soco em Ralf, que caiu no chão. Depois se debruçou sobre o rapaz, puxou do bolso uma faca e ameaçou matá-lo, se ele incomodasse novamente minha irmã.

– E depois?

– Convidou Rina para entrar no carro e a levou para casa.

– E se demorou lá?

– Rina me disse que serviu a ele um café.

– Sabe dizer se Spitaleri e sua irmã se reviram outras vezes?

– Sim.

Nesse momento, o telefone tocou.

– Ah, dotor, dotor! O senhor e chefe de polícia quer falar com vossenhoria imediatissimamente com urgência em pessoa pessoalmente.

– Mas por que você não disse a ele que eu ainda estava no dentista?

– Eu fiz a tentação de dizer que vossenhoria ainda tava fora, mas ele, o senhor e chefe de polícia, me disse pra não dizer a ele que vossenhoria ainda tava no dentista e então eu disse que vossenhoria estava presente de presença.

– Transfira o telefonema para a sala de Augello – ordenou Montalbano.

Levantou-se.

– Peço desculpas, Adriana. Volto o mais rápido que puder. Fazio, venha comigo.

Na sala de Mimì, onde o sol batia de manhã, o calor era de não se conseguir respirar.

– Alô? Diga, senhor chefe.

– Montalbano! O senhor se dá conta?

– De quê?

– Como?! Nem mesmo se dá conta?

– De quê?

– Não se dignou sequer de responder!

– A quê?

– Ao questionário!

– Sobre o quê?

Pronunciar uma sílaba a mais lhe era dificultoso.

– Ao questionário sobre o quadro de pessoal que lhe enviei quinze dias atrás! Era urgentíssimo!

– Foi respondido e enviado.

– A mim?!

– Sim.
– Quando?
– Seis dias atrás.
Mentira enorme.
– Fez cópia?
– Sim.
– Se eu não encontrar suas respostas, avisarei e o senhor me envia imediatamente a cópia.
– Sim.
Quando desligou, o comissário estava com a camisa encharcada.
– Fazio, sabe alguma coisa de um questionário sobre o quadro de pessoal que o chefe nos mandou uns quinze dias atrás?
– Sim. Me lembro de ter entregue a vossenhoria.
– E onde foi parar, caralho? Temos que achá-lo e responder, senão ele daqui a meia hora liga de novo. Vamos procurar.
– Mas a garota está na sua sala.
– Vou precisar mandá-la pra casa.
A moça estava na mesma posição em que a tinham deixado, parecia não ter se movido.
– Pois é, Adriana, infelizmente houve um contratempo. Podemos nos falar de novo hoje à tarde?
– Preciso estar em casa até as 17h, quando a enfermeira vai embora.
– Então, amanhã de manhã?
– Tem o funeral.
– Bem, então não sei como...
– Faço uma proposta: convido os senhores para almoçar. Assim, podemos continuar falando. Se lhes for conveniente...
– Eu agradeço, mas preciso voltar pra casa, sabe? Feriado de 15 de agosto... – disse Fazio.

– Pois eu aceito de bom grado – respondeu Montalbano. – Aonde vai me levar?

– Aonde o senhor quiser.

Montalbano quase não acreditou. Marcaram encontro para 13h30, no Enzo.

– Essa moça é muito valente – murmurou Fazio enquanto ela saía.

Já sozinhos no gabinete, Montalbano e Fazio olharam ao redor e ficaram desanimados. A escrivaninha estava completamente lotada de papéis, e havia pilhas e mais pilhas de papel sobre o móvel com a garrafa d'água e os copos, sobre um arquivo e até em cima do sofazinho e das duas poltronas para visitas importantes.

Suaram bicas e levaram uma boa meia hora para achar o questionário. Mas isso não era nada: suaram mais ainda para redigir as respostas.

Quando terminaram, passava das 13h. Fazio se despediu e foi embora.

– Catarella!

– Tô chegando.

– Faça uma fotocópia destas quatro páginas. Depois, se por acaso telefonar alguém por parte do chefe a respeito de um questionário, mande a fotocópia que tiver feito. Preste atenção: a fotocópia!

– Sem dúvida, dotor.

– Pegue minhas roupas que você pendurou pra secar e traga aqui. Depois, abra as portas do meu carro.

Despiu-se no banheiro e teve a impressão de que sua pele fedia. Devia ter sido a maldita busca do questionário. Tomou uma boa chuveirada, vestiu as roupas secas, deu as suadas a Catarella para pendurá-las no pátio e foi à sala de Augello.

Sabia que Mimì guardava numa gaveta um frasco de perfume. Procurou e achou. Chamava-se *Irresistible*. Desatarraxou a tampa e, pensando que o frasco era daqueles que já vêm com gotejador, virou-o e derramou metade do conteúdo na camisa e na calça. E agora, o que fazer? Vestir de novo a roupa suja? Não, talvez o perfume evaporasse ao ar livre. Depois veio-lhe uma dúvida: devia levar o miniventilador ou não? Decidiu que não. Sem dúvida pareceria ridículo aos olhos de Adriana, com o miniventilador na frente da cara e perfumado como uma puta.

Mesmo tendo mandado Catarella abrir as portas do carro, entrar no automóvel foi como entrar numa fornalha. Mas não se animava a ir a pé até o Enzo, e ainda por cima estava atrasado.

Diante da *trattoria* fechada, embaixo de um sol de rachar pedra, estava Adriana de pé, ao lado de um Punto. Ele tinha esquecido que Enzo comemorava o *ferragosto* não abrindo o restaurante.

– Me siga – disse à moça.

Perto do bar de Marinella havia uma *trattoria* onde ele nunca estivera. Mas, ao passar de carro ali em frente, já percebera que as mesinhas ao ar livre estavam sempre na sombra, protegidas por uma pérgola bem densa. Chegaram lá em dez minutos. Apesar do feriado, não havia muita gente, e eles puderam escolher uma mesa mais isolada do que as outras.

– Trocou de roupa e se perfumou para mim? – perguntou Adriana, com malícia.

– Não, para mim mesmo. Quanto ao perfume, o frasco caiu em cima de mim – respondeu ele, grosseiro.

Talvez tivesse sido melhor se deixar com o fedor de suor.

Ficaram em silêncio até que apareceu o garçom, que começou a recitar a ladainha.

– E temos espaguete ao molho de tomate, espaguete ao molho de sépia, espaguete com ouriço-do-mar, espaguete com mariscos, espaguete...

– Para mim, com mariscos – interrompeu-o Montalbano. – E para a senhorita?

– Com ouriço-do-mar.

O garçom prosseguiu com uma ladainha diferente.

– Como segundo prato teríamos salmonetes ao sal, dourada ao forno, percas ao molho, linguado na brasa...

– Deixe para nos dizer depois – cortou Montalbano.

O garçom pareceu ofendido. Voltou dali a pouco trazendo pratos e talheres, os copos, a água e o vinho. Branco e gelado.

– Quer?

– Sim.

Montalbano encheu para ela meio copo e fez o mesmo com o seu.

– Bom – disse ela.

– Sabia que não me lembro onde paramos?

– O senhor tinha me perguntado se Spitaleri e Rina se viram outras vezes e eu respondi que sim.

– Ah, certo. O que sua irmã lhe disse?

– Que, desde aquele dia de Ralf, Spitaleri andava atrás dela.

– Em que sentido?

– Rina tinha a impressão de que Spitaleri a espionava. Ela o via por perto com frequência demais. Se, por exemplo, fosse ao vilarejo de ônibus, na hora de voltar Spitaleri aparecia lhe oferecendo carona. Isso, até uma semana antes.

– Antes de quê?

– Do dia 12 de outubro.

– E Rina aceitava?

– Às vezes.

– Spitaleri se comportava bem sempre?

– Sim.

– E o que aconteceu uma semana antes do desaparecimento de sua irmã?

– Uma coisa desagradável. Era noite, já estava escuro, e Rina aceitou a carona. Mas Spitaleri, assim que entrou na trilha para Pizzo, na altura daquela casinhola onde mora o camponês que depois foi preso, parou o carro e a agarrou. Assim, de repente, segundo Rina.

– O que ela fez?

– Deu um berro tão alto que o camponês saiu correndo da casinhola, Rina aproveitou para se refugiar lá dentro e Spitaleri teve que ir embora.

– E como Rina voltou para casa?

– A pé. O camponês a acompanhou.

– A senhorita disse que ele foi preso?

– Sim, coitadinho. Quando se iniciaram as buscas pela minha irmã, os policiais foram também à casa dele. E, para seu azar, encontraram embaixo de um móvel um brinco da minha irmã. Rina achava que o brinco havia caído no carro de Spitaleri, mas ele tinha sido perdido ali. E então eu me decidi a contar o que acontecera com Spitaleri. Mas não houve jeito, o senhor sabe como é a polícia.

– Sim, eu sei.

– Aquele pobrezinho foi perseguido durante meses.

– Sabe dizer se interrogaram Spitaleri?

– Claro. Mas Spitaleri explicou que havia partido para Bangkok na manhã do dia 12. Não podia ter sido ele o responsável pelo sumiço.

O garçom chegou com os espaguetes.

Adriana levou à boca a primeira garfada, saboreou e depois disse:

– Está gostoso. Quer provar?

– Por que não?

Montalbano estendeu a mão que segurava o garfo e enrolou o espaguete. Não estava à altura dos de Enzo, mas era suficientemente comível.

– Prove o meu.

Adriana imitou Montalbano e experimentou o prato dele.

Nenhum dos dois falou até terminarem de comer. De vez em quando se olhavam e se sorriam.

Tinha acabado de acontecer uma coisa estranha. Talvez aquele gesto informal, de um meter o próprio garfo no prato do outro, tivesse estabelecido entre eles uma espécie de confiança, de intimidade que não existia antes.

Catorze

Tinham acabado de comer fazia algum tempo, mas não falavam. Ficaram saboreando um licor de limão, e Montalbano se sentia observado por ela, tal como ele fizera no comissariado.

Na intenção de parecer à vontade, porque era bastante difícil bancar o indiferente diante daqueles olhos cor de alto-mar apontados em sua direção, acendeu um cigarro.

– Posso pegar um?

Ele lhe estendeu o maço, ela tirou o cigarro, colocou-o entre os lábios e se soergueu, debruçando-se totalmente para acendê-lo no isqueiro que o comissário segurava.

"Nunca esqueça que ela poderia ser sua filha!", ordenou Montalbano a si mesmo.

Aquilo que ele estava vendo por causa da posição da moça lhe provocou uma verdadeira tontura. E, por baixo do bigode, sua pele ficou banhada em suor.

Ela não podia ignorar que, inclinando-se daquele jeito, praticamente o obrigaria a olhar dentro do decote. Então, por que fizera isso? Para provocá-lo? Mas Adriana não parecia do tipo que adota esse tipo de manobra.

Ou fizera aquilo pensando que ele já chegara a uma idade na qual já não atentava muito para as mulheres? Sim, devia ter sido por isso.

Mas não teve tempo de sentir pena de si mesmo porque a moça, depois de duas baforadas, repentinamente pousou a mão sobre a dele.

Como Adriana não demonstrava sentir nem um pouco de calor, pelo contrário, parecia fresquinha como a clássica rosa, o comissário se espantou por perceber um toque tão ardente. Era a soma dos dois calores, o dele e o de Adriana, que aumentava a temperatura? E, se não era isso, a quantos graus o sangue circulava dentro dela?

– Minha irmã foi violentada, não foi?

Era a pergunta que Montalbano temia o tempo todo. Havia preparado uma resposta bonita, articulada, que naquele momento lhe fugiu da mente por completo.

– Não.

Por que respondera assim? Para não ver apagar-se diante dele, repentinamente, a luz da beleza?

– O senhor não está me dizendo a verdade.

– Acredite, Adriana, a autópsia revelou que...

– ...ela era virgem?

– Sim.

– Pior ainda – disse a jovem.

– Por quê?

– Porque, nesse caso, a violência foi ainda mais terrível.

A pressão de sua mão, que agora queimava, tornou-se mais forte.

– Podemos nos tratar por você? – perguntou ela.

– Se a senhorita... se você preferir...

– Quero lhe confidenciar uma coisa.

Soltou a mão dele, que de repente ficou fria, levantou-se, pegou a cadeira, colocou-a junto à de Montalbano e se sentou. Agora podia falar baixinho, sussurrar.

– Violentada eu sei que ela foi, tenho certeza. Quando estávamos no comissariado, eu não quis lhe dizer isso na presença daquele outro homem. Com você, é diferente.

– Você mencionou que, poucos minutos antes daquela dor na garganta, havia sentido uma outra coisa.

– Sim. Uma sensação de pânico absoluto, total. Uma espécie de pesar até mesmo existencial. Isso nunca havia me acontecido.

– Explique melhor.

– De repente, quando eu estava de pé diante do armário, vi refletida a imagem de minha irmã. Ela estava transtornada, apavorada. Um instante depois, me senti catapultada para dentro de uma escuridão total, pavorosa. Percebia que ao meu redor havia um ambiente sombrio, untuoso, desprovido de ar, maligno. Um lugar, ou melhor, um não lugar, onde qualquer horror, qualquer infâmia era possível. Eu queria gritar, mas minha voz não tinha som. Como acontece nos pesadelos. Sei que por alguns segundos eu fiquei cega, cambaleei no vácuo com os braços estendidos à frente, as pernas falharam, me apoiei na parede com as mãos para não cair. E foi então que...

Ela parou, o comissário não abriu a boca, não se mexeu. Mas o suor começou a lhe correr pela testa.

– ...foi então que me senti roubada.

– Como? – quis saber Montalbano, sem conseguir evitar a pergunta.

– Roubada de mim mesma. Difícil de expressar isso em palavras. Com violência, com ferocidade, alguém estava possuindo meu corpo separado de mim para ofendê-lo, para humilhá-lo, para anulá-lo, para torná-lo objeto, coisa...

Sua voz ficou embargada.

– Chega – disse Montalbano.

E tomou as mãos dela entre as suas.

– Foi assim? – perguntou Adriana.

– Acreditamos que sim.

Mas por que ela não chorava? Seus olhos tinham adquirido um tom azul-escuro, a ruguinha no canto da boca se tornara mais profunda, mas ela não chorava.

O que lhe dava toda aquela força, aquela dureza interior? Talvez fosse o fato de ela ter sabido da morte de Rina no próprio momento em que sua irmã morria, enquanto o pai e a mãe haviam continuado a esperar que a filha estivesse viva.

E em todos aqueles anos, a dor, o pranto, as lágrimas se haviam transformado numa espécie de massa sólida, num grumo rochoso que já não podia dissolver-se num gesto de piedade por Rina e por si mesma.

– Agora há pouco, você me disse que viu a imagem de sua irmã refletida no espelho. O que significa isso?

Ela sorriu de leve.

– No início era uma brincadeira, tínhamos cinco anos. Estávamos diante de um espelho e começamos a conversar. Mas não diretamente, cada uma de nós se dirigia à imagem refletida da outra. Continuamos fazendo isso, mesmo já crescidas. Quando tínhamos algo sério ou secreto a nos dizer, ficávamos diante do espelho.

E então a moça apoiou por um instante a cabeça no ombro de Montalbano. E ele compreendeu que não era para buscar conforto, mas para aliviar o profundo cansaço que ela devia sentir depois de falar com um estranho sobre uma coisa tão íntima, secreta.

Depois se levantou, decidida, e olhou o relógio.

– Já são três e meia. Podemos ir?

– Como queira.

Mas ela não tinha dito que podia ficar fora até as cinco?

Montalbano se levantou, um pouquinho decepcionado. O garçom veio correndo com a conta.

– Eu pago – disse Adriana.

E tirou o dinheiro que trazia no bolso dos jeans.

No estacionamento, porém, ela não esboçou nenhum gesto para abrir o próprio carro. Montalbano a encarou, espantado.

– Vamos no seu.

– Para onde?

– Se você me entendeu, também entendeu para onde eu quero ir. Não preciso lhe dizer.

Claro que ele havia entendido. Havia entendido muito bem. Mas estava agindo como o soldado que não quer partir para a guerra.

– Você acha que é oportuno?

Ela não respondeu, continuou a fitá-lo.

E Montalbano percebeu que, afinal, não saberia lhe dizer não. O soldado iria à guerra, não havia santo que desse jeito. Ainda por cima o sol desfechava verdadeiras marteladas na cabeça, era impossível permanecer um minuto a mais discutindo naquele lugar descoberto.

– Tudo bem. Venha.

Entrar no carro foi como se deitar numa grelha.

Montalbano lamentou não ter trazido o miniventilador, Adriana abriu todas as janelas.

Por todo o trajeto, ela manteve a cabeça reclinada para trás, e os olhos fechados.

Já o comissário era torturado por uma pergunta: não estava fazendo uma besteira enorme? Por que havia concordado? Só porque, no estacionamento, o calor não permitia discutir? Mas essa era uma desculpa que ele dera a si mesmo na hora. A verdade era que estava gostando muito de ajudar aquela jovem que...

"...poderia ser sua filha!", interrompeu-o sua consciência.

"E você não se meta!", replicou Montalbano, furioso. "Eu estava pensando numa coisa totalmente diferente, ou seja, que esta pobre moça carrega há seis anos esse enorme peso, a percepção exata do que aconteceu à irmã, e somente agora está encontrando forças para falar sobre isso, para se liberar. É justo ajudá-la".

"Você é um hipócrita pior do que Tommaseo", disse a voz da consciência.

Assim que ele enveredou pela estradinha de terra em direção a Pizzo, Adriana abriu os olhos.

Quando iam passando em frente à sua casa, ela disse:

– Pare.

Não desceu, ficou somente olhando-a pela janela do carro.

– Desde então, não voltamos mais aqui. Sei que de vez em quando papai manda uma mulher fazer uma faxina e deixar tudo em ordem, mas não tivemos mais coragem para vir no verão, como fazíamos antes. Podemos ir.

Diante da *villa*, a moça, assim que Montalbano parou, já foi abrindo a porta do carro.

– Você precisa mesmo fazer isso, Adriana?

– Sim.

Ele deixou o carro aberto, com as chaves na ignição. Até porque não se via ninguém por ali.

Mas, assim que desembarcou, Adriana pegou a mão dele, levantou-a à altura de sua boca, pousou os lábios no dorso por um instante e continuou a segurá-la. O comissário a guiou até o lado da *villa* de onde se podia chegar ao andar ilegal. A Perícia havia colocado duas pranchas para facilitar a descida. A janela do banheiro pequeno estava atravessada por tiras de papel colorido, como o que era usado para obras rodoviárias. De uma dessas tiras pendia um documento com carimbos e assinaturas. Era a interdição do local. O comissário arrancou tudo e entrou primeiro, dizendo à moça que o esperasse. Acendeu a lanterna que havia levado e percorreu todos os aposentos. Bastou-lhe esse giro de poucos minutos para se sentir encharcado de suor. Ali dentro havia uma umidade viscosa que dava uma impressão de sujeira, o ar denso e viciado fazia arderem os olhos e a garganta.

Depois ajudou a jovem a transpor o peitoril.

Assim que se viu lá dentro, Adriana tomou a lanterna das mãos dele e começou a caminhar, dirigindo-se com segurança ao salão.

Como se já tivesse estado ali, pensou atordoado o comissário enquanto a seguia.

Depois Adriana se deteve justamente na soleira do salão e fez o facho da lanterna percorrer as paredes, as madeiras embrulhadas em plástico, o baú. Parecia ter se esquecido de Montalbano. Não falava, mas estava ofegante...

– Adriana...

A moça não o ouviu, continuou sua descida pessoal aos infernos.

Ela havia começado a caminhar, mas incerta e lentamente. Andou um pouquinho para a esquerda, em direção ao baú, depois virou-se para a direita, deu três passos à frente e se deteve.

E foi enquanto ela fazia esse movimento que Montalbano, quase diante dela, percebeu que Adriana mantinha os olhos fechados. Estava procurando um ponto exato, mas não com a visão, e sim com um outro sentido desconhecido que somente ela devia possuir.

Quando chegou à esquerda da porta do terraço, a moça se apoiou com as mãos à parede, mantendo os braços abertos.

"Santa Mãe de Deus!", disse Montalbano a si mesmo, espantado.

Estaria assistindo a uma espécie de reconstituição daquilo que acontecera ali dentro? Será que Adriana estava como que possuída por Rina?

Ao mesmo tempo, a lanterna caiu no chão. Felizmente, não se apagou.

Adriana, com o corpo sacudido por um tremor contínuo, estava exatamente no ponto onde a Perícia havia localizado a poça de sangue.

"Não é possível, não é possível!", pensou Montalbano.

Todo o seu cérebro se recusava a crer naquilo que ele estava vendo.

E depois ouviu um som que o paralisou. Não era um pranto, mas um gemido. Um gemido de animal ferido mortalmente, longo, contínuo, baixinho. Vinha da moça.

Montalbano deu um salto, inclinou-se, apanhou a lanterna, segurou Adriana pelos quadris e a puxou. Ela, porém, resistia, era como se suas mãos estivessem grudadas à parede. Então o comissário se enfiou entre a parede e os braços da jovem e dirigiu o facho da lanterna para o rosto dela, mas Adriana mantinha os olhos fechados.

De sua boca retorcida e meio aberta continuavam a sair o gemido e um fio de saliva. Transtornado, ele a esbofeteou, dois tapas fortes com a frente e o dorso de uma só mão.

Adriana abriu os olhos, encarou Montalbano, abraçou-o com toda a força, grudou seu corpo ao dele, empurrou-o contra a parede e o beijou, mordendo-lhe os lábios. E, enquanto o comissário sentia que a terra lhe faltava sob os pés e se agarrava à moça quase para não cair, o beijo continuou, ainda mais demorado.

Depois ela o soltou, virou-se, correu em direção à janela do banheiro, pulou-a, e Montalbano a seguiu sem ter tempo para recolocar os lacres.

Adriana chegou ao carro do comissário, sentou-se ao volante e deu a partida. Montalbano mal teve tempo de entrar no outro lado enquanto o carro arrancava.

Em frente à sua casa, ela parou, desceu, foi correndo até a porta, procurou no bolso, encontrou a chave, abriu e entrou, deixando a porta aberta.

Quando Montalbano também chegou lá dentro, ela já não estava ali.

O que ele devia fazer? Ouviu-a vomitando em algum lugar.

Então foi lá para fora e percorreu lentamente o contorno da casa. O silêncio era total. Ou melhor, à parte os milhares de cigarras, reinava um silêncio total. Antigamente devia ter existido, atrás da casa, um trigal. Dele restava um denso e alto fascal, um montículo em forma de cone constituído por feixes de palha.

Embaixo de uma touceira de mato agora amarelecida, um pardal rolava no terriço para se limpar, já que não encontrava água.

Montalbano teve vontade de fazer o mesmo, sentiu necessidade de também se limpar de toda a sujeira que se grudara à sua pele quando ele estava no andar subterrâneo.

Então, quase sem dar-se conta, fez uma coisa que fazia quando criança. Despiu a camisa, a calça, a cueca. E, totalmente nu, grudou seu corpo ao fascal.

Em seguida abriu os braços ao máximo e o enlaçou, tentando enfiar a cabeça ali dentro o máximo possível. Enquanto isso, ia abrindo espaço com todo o peso do corpo inclinado para diante, movendo-se ora à direita, ora à esquerda.

E finalmente começou a sentir um odor enxuto e limpo de palha seca. Aspirou-o profundamente, cada vez mais profundamente, até perceber um cheiro que talvez só existisse em sua imaginação, o do vento marinho que conseguira se enfiar no compacto entrelaçamento dos caules ressequidos e ficara aprisionado ali. Um vento marinho com retrogosto levemente amargo, como se tivesse sido consumido pela quentura do verão.

De repente, metade do fascal despencou por cima dele, cobrindo-o.

E ele permaneceu assim, imóvel, sentindo que todas as hastes de palha que lhe caíram sobre a pele o limpavam.

Certa vez, quando menino, tinha feito a mesma coisa, e sua tia, que não o encontrava, começara a procurá-lo:

"Salvo! Cadê você, Salvo?"

Mas aquela não era a voz da tia, era Adriana que o chamava, bem de perto!

Viu-se perdido. Não podia aparecer pelado. Afinal, o que lhe dera na cabeça?

Por que tivera aquele impulso? Estava maluco? Seria o calorão que o levava a fazer tamanhas besteiras? E agora, como resolver aquela situação ridícula?

– Salvo? Mas onde você está? Sal...

Com certeza, Adriana vira as roupas jogadas no chão! Montalbano compreendeu que ela se aproximava.

Tinha-o descoberto. Maria Santíssima, que vexame! Ele fechou os olhos, na esperança de ficar invisível. Escutou-a rir escancaradamente, com certeza jogando a belíssima cabeça para trás, como fizera no comissariado. O coração dele disparou cada vez mais rápido. Pronto: por que não lhe dava agora um belo infarto? Seria a solução ideal. Depois sentiu, mais forte do que o odor da palha seca, mais forte do que o vento marinho, o cheiro atordoante da pele limpa da jovem. Ela havia tomado banho. E agora devia estar a poucos centímetros dele.

– Se você estender a mão, eu lhe dou suas coisas – disse Adriana.

Montalbano obedeceu.

– Vou me virar para o outro lado, fique tranquilo – prosseguiu a moça.

Só que sua risada continuou, humilhando-o, por todo o tempo em que ele, desajeitadamente, se vestia de novo.

– Estou atrasada – disse Adriana, quando iam entrando no carro. – Me deixa dirigir?

Ela havia entendido que, se fosse para correr com o veículo, Montalbano não dava conta do recado.

Por todo o breve percurso, pois num abrir e fechar de olhos chegaram ao espaço em frente à *trattoria*, o tempo todo ela manteve a mão direita sobre o joelho dele, dirigindo só com a esquerda. Foi por esse jeito de dirigir, ou por causa do calor, que o comissário se sentiu encharcado de suor?

– Você é casado?

– Não.

– Noivo?

– Sim, só que ela não mora em Vigàta.

Afinal, por que deixara escapar essa informação?

– Como é o nome dela?

– Livia.

– Onde você mora?

– Em Marinella.

– Me dê seu telefone de casa.

Montalbano disse, ela o repetiu.

– Já decorei.

Tinham chegado. O comissário abriu a porta. Ela também. Viram-se um em frente ao outro. Adriana pousou as mãos nos flancos dele e o beijou levemente.

– Obrigada – disse.

O comissário ficou olhando-a partir cantando pneu.

Decidiu não passar pelo comissariado e ir diretamente para Marinella. Eram quase seis horas quando, de calção de banho, ele abriu a porta que dava para a varanda. E ali encontrou dois garotões e uma mocinha, todos em torno dos vinte anos, que tinham claramente usado a varanda como seu pouso durante o dia inteiro: ali haviam comido, bebido, trocado de roupa para tomar banho de mar. Na praia estavam dezenas de pessoas que ainda curtiam o restinho de sol.

Pela areia se espalhavam pedaços de papel, restos de comida, caixas e garrafas vazias, em suma: um verdadeiro lixão. E a varanda também fora reduzida a um lixão: o piso estava coberto de bitucas de cigarro e canudinhos, latas de cerveja e de refrigerante.

– Antes de saírem daqui, limpem tudo – disse Montalbano, descendo a escadinha e encaminhando-se para o mar.

– Sim, mas você vá limpar o cu – respondeu às suas costas um dos garotões.

O outro rapaz e a moça caíram na risada.

Montalbano poderia fingir que não se importava, mas preferiu virar-se e retornar devagarinho.

– Quem foi que falou?

– Eu – disse o mais robusto dos dois, exibindo uma expressão prepotente.

– Desça daí.

O outro olhou para os companheiros.

– Dou um jeito no coroa e volto.

Grandes gargalhadas.

O garotão se plantou diante dele com as pernas abertas, estendeu o braço e o empurrou.

– Vá dar seu mergulho, vovô.

Montalbano partiu com a esquerda, o outro se esquivou, e a direita, como previsto, pegou-o em plena cara, fazendo-o estatelar-se no chão, meio desmaiado. Não tinha sido um soco, mas uma verdadeira bordoada. As risadas dos outros pararam de repente.

– Quando eu voltar, quero tudo limpo dessa sujeira.

Precisou nadar até o largo para encontrar um pouquinho de água limpa, porque, perto da areia, boiava de tudo: de toletes de cocô a copos de plástico, uma imundície.

Antes de voltar, olhou para a margem, procurando um lugar onde houvesse menos gente e, portanto, provavelmente a água estaria menos suja. Isso, porém, significou que ele precisou caminhar meia hora à beira-mar para chegar à sua casa.

Os jovens não estavam mais ali. E a varanda estava limpa.

Embaixo do chuveiro, com a água ainda quente, pensou no soco que havia derrubado o garotão. Ainda era mesmo capaz de tanta força? Depois entendeu que não se tratara apenas de força, mas também de violenta descarga de toda a tensão que ele havia acumulado naquele dia de *ferragosto*.

Quinze

No final da tarde, as famílias com criancinhas ora chorando, ora gritando, os grupos de bêbados e bagunceiros, os casaizinhos tão grudados que uma faca não conseguiria passar entre os dois, os homens solitários com o celular colado ao ouvido, outros casaizinhos com rádio, CDs e geringonças sonoras em altíssimo volume finalmente deixaram a praia.

Eles foram embora, mas sua sujeira permaneceu.

"Hoje em dia", pensou o comissário, "a sujeira é o indício seguro de que o ser humano passou por algum lugar: de fato, dizem que o Everest é um depósito de resíduos, e que até o espaço sideral se transformou em um lixão."

"Daqui a dez mil anos, a única prova de que o homem esteve na Terra será dada pela descoberta de enormes cemitérios de sucata de automóveis, o monumento remanescente de uma civilização (?) que existiu."

Pouco depois de se sentar na varanda, ele começou a sentir que o ar fedia: o lixo que recobria a praia já não era visível por causa da escuridão, mas chegava até ali o mau cheiro de putrefação rápida, resultante do calor.

Não dava para ficar ali fora. Mas tampouco dentro de casa era possível ficar: com as janelas fechadas para não deixar entrar a fedentina, o calor absorvido pelas paredes durante o dia não poderia se evaporar.

Então ele se vestiu, pegou o carro e partiu rumo a Pizzo. Chegou à *villa*, parou, desceu e se dirigiu à escada que levava à praia.

Sentou-se no primeiro degrau e acendeu um cigarro. Tinha acertado: o local era bem alto e ali não chegava o odor podre das porcarias que também deviam ter sido deixadas naquela praia.

Não queria pensar em Adriana, mas não conseguiu evitar.

Ficou assim por umas duas horas e, quando se levantou para retornar a Marinella, havia chegado à conclusão de que quanto menos visse aquela garota, melhor seria.

– O que a srta. Adriana disse ontem a vossenhoria? – perguntou Fazio.

– Ela me contou uma coisa que eu não sabia, mas imaginava. Lembra que Dipasquale nos relatou, e Adriana confirmou, que Rina havia sido atacada por Ralf, e que Spitaleri a salvou?

– Claro que me lembro.

Então o comissário contou tudo a Fazio: como, desde aquele momento, Spitaleri ficara sempre atrás de Rina, até o dia em que a agarrara no carro e a moça se salvara porque um camponês havia aparecido. E contou também como o camponês tinha comido o pão que o diabo amassou por causa de um brinco de Rina encontrado em sua casa, embora o pobrezinho não tivesse nada a ver com o delito.

Não falou nada, porém, sobre ter acompanhado Adriana à *villa* de Pizzo nem sobre o que havia acontecido lá dentro.

– Em conclusão – comentou Fazio –, não temos nadica de nada. Ralf não pode ter sido porque era impotente, Spitaleri também não, porque estava viajando, Dipasquale tem um álibi...

– A posição de Dipasquale é a mais frágil de todas – disse o comissário. – O álibi dele pode ter sido construído.

– Verdade, mas quem consegue demonstrar isso?

– Dotor, aconteceria que tem o poromotor Dommaseo no tilifone.

– Pode transferir.

– Montalbano? Tomei uma decisão.

– Diga.

– Vou fazer.

E vinha contar a ele?

– Fazer o quê?

– Uma coletiva de imprensa.

– Mas isso é mesmo necessário?

– É, sim, Montalbano, é!

A verdadeira necessidade era que Tommaseo ansiava por aparecer na televisão.

– Os jornalistas – prosseguiu o promotor – farejaram alguma coisa e estão começando a fazer perguntas. Não quero correr o risco de eles darem uma imagem distorcida do conjunto.

Mas qual conjunto?

– Sem dúvida, seria um grande risco.

– Concorda comigo?

– Já marcou?

– Sim, para amanhã às onze. O senhor vem?

– Não. E o que vai dizer?

– Falarei do crime.

– Dirá que ela foi violentada?

– Bem, vou insinuar.

Mas claro! Aos jornalistas, bastava menos do que uma insinuação para se encarniçarem todos sobre esse assunto!

– E se lhe perguntarem se faz alguma ideia quanto ao culpado?

– Bem, sobre isso convém ser muito hábil.

– Como o senhor é.

– Modestamente... Direi que estamos nos movimentando em duas direções: uma, a checagem dos álibis dos pedreiros, e outra, a de um maníaco de passagem que teria obrigado a moça a segui-lo até o andar ilegal. Concorda?

– Perfeitamente.

Um maníaco de passagem! E como esse maníaco de passagem teria feito para saber do andar ilegal, se a obra era cercada por tapumes?

– Para hoje à tarde, reconvoquei Adriana Morreale – disse Tommaseo. – Quero abater as eventuais resistências dela, interrogá-la bem a fundo, a fundo e demoradamente, quero deixá-la a nu.

Sua voz havia mudado. Montalbano temeu que, com mais duas palavras, ele começasse a suspirar, a dizer ah, ah, exatamente como num filme pornô.

Aquilo estava virando um hábito. Antes de se dirigir à *trattoria* de Enzo, ele trocou de roupa, entregando as suadas a Catarella. Quando acabou de comer, mas pouco, pois não tinha apetite, sentia uma espécie de preguiça, e partiu para Marinella.

Oh, milagre! Quatro garis estavam acabando de limpar a praia! Ele vestiu o calção e se jogou no mar em busca de frescor. Depois tirou uma soneca de uma hora.

Às quatro, estava de volta ao comissariado. Mas não tinha disposição para fazer nada.

– Catarella!

– Pode mandar, dotor.

– Não deixe ninguém entrar na minha sala sem me avisar antes, fui claro?

– Sim, sim.

– Ah, outra coisa: telefonaram de Montelusa a respeito daquele questionário?

– Sim, dotor, e eu mandei.

Trancou com chave a porta do gabinete, despiu-se até ficar só de cueca, jogou no chão uns papéis que estavam sobre uma poltrona, deslocou-a para perto do miniventilador, orientou-o para que o frescor chegasse ao seu peito e se sentou, esperando sobreviver.

Uma hora depois, o telefone tocou.

– Dotor, teria um sargento que diz que é de finanças e se chama-se Lacagnà.

– Pode transferir.

– Não posso transferir por causa que o supracitado se encontra aqui em pessoa pessoalmente.

Ai, meu Deus, e ele estava praticamente nu!

– Diga que eu estou no telefone, e mande entrar daqui a cinco minutos.

Vestiu-se às pressas. As roupas pareciam recém-passadas a ferro, estavam ainda impregnadas de calor. Montalbano abriu a porta e foi ao encontro de Laganà. Depois que este se sentou, ele fechou com chave a porta do gabinete. Sentiu vergonha ao ver que o visitante usava um uniforme que parecia recém-saído da lavanderia.

– Bebe alguma coisa, sargento?

– Nada, doutor. Tudo o que eu bebo me faz transpirar.

– Por que se deu ao trabalho de vir aqui? Podia me telefonar...

– Doutor, hoje em dia não convém dizer as coisas por telefone.

– É verdade. Talvez seja melhor usar *pizzini*,* como faz Provenzano.

– Também podem ser interceptados. A saída é conversar diretamente, de preferência num lugar seguro.

– Como este.

– Espero que sim.

Laganà meteu a mão no bolso, tirou um papel dobrado em quatro e o entregou a Montalbano.

– É isto que lhe interessava?

O comissário desdobrou e leu o papel.

Tratava-se do comprovante de entrega, pela empresa Ribaudo, de tubos de metal para andaimes e de redes de proteção à obra de Spitaleri em Montelusa. E era assinado como recibo por Filiberto Attanasio, o vigia.

Montalbano ficou animadíssimo.

– Muito obrigado, era justamente isso que eu procurava. Eles perceberam?

– Não creio. Hoje de manhã, confiscamos duas caixas de documentos. Assim que encontrei esse comprovante, fiz fotocópia e lhe trouxe.

– Não sei como agradecer.

Laganà se levantou. Montalbano também.

– Vou acompanhá-lo.

---

* Bilhetes escritos em pedacinhos de papel (os *pizzini*), usados durante muitos anos pelo chefe mafioso Bernardo Provenzano (1933-2016) para se comunicar com seus asseclas. (N.T.)

Na porta do comissariado, quando estavam trocando um aperto de mãos, Laganà disse, sorrindo:

– É inútil lhe recomendar que não diga a ninguém como obteve esse documento.

– O senhor está me ofendendo, sargento.

Laganà hesitou um instante, ficou sério e depois acrescentou em voz baixa:

– Olho vivo com Spitaleri.

– Federico? Montalbano.

O comissário Lozupone pareceu realmente contente por ouvi-lo.

– Salvo! Mas que prazer! Como vai?

– Bem. E você?

– Bem. Precisa de alguma coisa?

– Queria falar com você.

– Então fale.

– Pessoalmente.

– É urgente?

– Bastante.

– Certo. Vou estar no comissariado com certeza até às...

– É melhor fora.

– Ah. Podemos nos encontrar no café Marino às...

– Não em local público.

– Você está me assustando. Onde, então?

– Ou na sua casa ou na minha.

– Eu tenho uma mulher curiosa.

– Então venha a Marinella, você sabe onde eu moro. Podemos combinar para dez da noite de hoje?

Às oito, quando ele estava saindo do gabinete, Tommaseo ligou. Seu tom de voz era de decepção.

– Queria lhe pedir uma confirmação.

– Confirmo.

– Desculpe, Montalbano, confirma o quê?

– Ah, o que eu não sei, mas, se o senhor me pediu uma confirmação, estou pronto a dá-la.

– Como assim, já que não sabe o que deve confirmar ou não?

– Entendi, o senhor não quer uma confirmação genérica, e sim específica.

– Mas é claro!

De vez em quando Montalbano gostava de sacanear Tommaseo.

– Então me diga.

– Aquela jovem, Adriana, aliás hoje ela estava ainda mais bonita, não sei como consegue, é como um concentrado de mulher, qualquer coisa que diga, qualquer coisa que faça deixa o outro enfeitiçado, e... bom, deixemos para lá, o que eu estava dizendo mesmo?

– Que o outro fica enfeitiçado.

– Deus meu, não, isso eu disse de passagem. Ah, lembrei. Adriana me contou que a irmã tinha sido agredida, felizmente sem consequências, por um jovem alemão mais tarde falecido num desastre ferroviário ocorrido na Alemanha. Direi isso na coletiva.

Desastre ferroviário? Afinal, o que Tommaseo havia entendido?

– Contudo, por mais que eu a tenha forçado, ela não soube ou não quis me dizer mais nada, afirmando que era inútil que eu continuasse a interrogá-la porque ela não tinha nenhuma relação de confiança com a gêmea e acrescentando que muitas vezes ela e Rina brigavam de maneira tão violenta que os pais faziam de tudo para mantê-las afastadas uma da outra. Tanto é que, no dia em que Rina foi assassinada, ela não estava em Vigàta. Como a jovem me relatou que o senhor a interrogou ontem de manhã, eu lhe pergunto se também ao senhor ela disse que não se dava com a irmã.

– Isso mesmo! Ela me declarou que chegavam até a se estapear, duas ou três vezes por dia.

– Então, é inútil reconvocá-la?

– Creio que seja inútil mesmo.

Via-se que Adriana ficou de saco cheio de Tommaseo e inventou aquela lorota contando com a cumplicidade de Montalbano.

Adriana telefonou para ele em Marinella quando já eram quase nove da noite.

– Posso dar uma passada aí, dentro de uma horinha?

– Lamento, mas tenho um compromisso.

E se não tivesse, o que teria respondido?

– Pena. Eu queria aproveitar porque chegaram os tios de Milão, já lhe falei deles, os que moravam em Montelusa.

– Sim, me lembro.

– Vieram para o funeral.

Montalbano tinha se esquecido completamente.

– Quando vai ser?

– Amanhã de manhã. Eles vão embora logo depois. Não assuma nenhum compromisso para amanhã à noite, espero que minha amiga enfermeira possa vir.

– Adriana, eu tenho um trabalho que...

– Tente fazer o possível. Ah, hoje Tommaseo me convocou. Ficava babando, olhando meus peitos. E pensar que, especialmente para a ocasião, eu tinha posto um sutiã blindado. Contei uma mentira pra me livrar dele de uma vez por todas.

– Eu sei o que você disse, ele me telefonou perguntando se era verdade que você e Rina não se suportavam.

– E o que você fez?

– Confirmei.

– Eu não tinha dúvida. Te amo. Até amanhã.

Montalbano correu para debaixo do chuveiro antes que Lozupone chegasse. Aquelas duas palavras, te amo, haviam-no deixado instantaneamente encharcado de suor.

Lozupone, cinco anos mais novo do que ele, era um homem maciço e de poucas palavras. A seu respeito não corriam fofocas, era honesto e sempre cumprira seu dever. Portanto, Montalbano devia comportar-se com o colega escolhendo as palavras certas. Ofereceu-lhe um uísque e o acomodou na varanda. Por sorte, soprava um pouquinho de vento.

– Salvo, pode começar. O que você quer me dizer?

– É uma coisa delicada e eu, antes de agir, quero lhe falar do assunto.

– Aqui estou.

– Por estes dias, estou tratando do homicídio de uma mocinha...

– Ouvi falar.

– E me vi interrogando um construtor, Spitaleri, que você talvez conheça.

Lozupone pareceu resguardar-se e reagiu.

– Eu o conheço, como assim? Só o conheço porque investiguei a morte acidental de um pedreiro numa obra dele em Montelusa.

– Justamente. E eu queria saber sobre essa sua investigação. A que conclusão você chegou?

– Acho que já disse um minuto atrás: morte acidental. A obra, quando estive lá, estava em ordem. Autorizei a reabertura depois de cinco dias de interrupção. O promotor Laurentano insistia em que eu fosse rápido.

– Quando você foi chamado?

– Na segunda-feira de manhã, quando descobriram o corpo do pedreiro. E repito: eles tinham todos os equipamentos de segurança. A única conclusão possível era que o árabe, que havia bebido um tanto demais, pulou a barra de proteção e caiu. Além disso, a autópsia revelou que dentro dele havia mais vinho do que sangue.

Montalbano achou estranho, mas não demonstrou nada a Lozupone. Ora, se as coisas tinham sido como ele dizia, e como Spitaleri havia afirmado, por que Filiberto lhe contara outra versão dos fatos? Além disso, não existia um recibo de entrega por parte da Ribaudo, que demonstrava que o vigia dissera a verdade? Não seria melhor encarar Lozupone e lhe dizer como ele, Montalbano, via aquela história?

– Federi, não lhe passou pela cabeça que no canteiro de obras, quando o pedreiro caiu, não havia nenhuma proteção, e que essa proteção foi instalada no decorrer do domingo? De modo que, quando você chegou, na manhã de segunda-feira, encontrou tudo em ordem?

Lozupone encheu novamente o copo de uísque.

– Claro que me passou pela cabeça – disse.

– E o que você fez?

– O que você faria.

– Ou seja?

– Perguntei a Spitaleri qual era a empresa que lhe fornecia o material para os andaimes. Ele me respondeu que era a Ribaudo. E eu relatei isso a Laurentano. Queria que ele convocasse a Ribaudo, ou me autorizasse a convocar essa empresa. Mas ele disse que não, disse que para ele a investigação acabava ali.

– A prova que você queria encontrar sobre a Ribaudo, eu a consegui. Spitaleri pediu que lhe enviassem o material na madrugada do domingo e o montou com a ajuda do mestre de obras Dipasquale e do vigia Attanasio.

– E o que você quer fazer com essa prova?

– Entregá-la a você ou ao promotor Laurentano.

– Quero vê-la.

Montalbano passou a ele o comprovante de entrega. Lozupone o leu e devolveu.

– Não prova nada.

– Mas você viu a data? O dia 27 de julho era um domingo!

– Sabe o que Laurentano pode lhe responder? Primeiro: que, considerando as contínuas relações de trabalho entre Spitaleri e a Ribaudo, não era a primeira vez que a Ribaudo fornecia material a Spitaleri mesmo num fim de semana. Segundo: que o material era necessário porque, na segunda-feira de manhã, eles deveriam iniciar a construção dos andares mais altos do prédio. Terceiro: dr. Montalbano, pode me explicar como o senhor está em posse desse documento? Concluindo: enquanto Spitaleri livra a cara, você e quem lhe deu o documento se fodem.

– Mas Laurentano é corrupto?

– Laurentano?! Que ideia! Laurentano é um sujeito que quer fazer carreira. E, para fazer carreira, a primeira regra é não incomodar o cão que está dormindo.

Montalbano ficou tão furioso que soltou:

– E seu sogro? O que acha de tudo isso?

– Lattes? Não vá tão longe, Montalbano. Não mije fora do penico. Meu sogro tem certos interesses políticos, é verdade, mas, quanto a essa história de Spitaleri, nunca me disse nada.

Sabe-se lá por quê, Montalbano gostou da resposta.

– Mas então você se rende?

– Na sua opinião, o que eu deveria fazer? Começar a lutar, como Dom Quixote, contra os moinhos de vento?

– Spitaleri não é um moinho de vento.

– Montalba, vamos falar claro. Sabe por que Laurentano não quer me deixar ir adiante? Porque, em sua balança pessoal, ele colocou de um lado Spitaleri com suas proteções políticas e, de outro, o cadáver de um imigrante árabe anônimo. Para qual lado pende a balança? À morte do árabe, foram dedicadas três linhas em um só jornal. O que você acha que acontecerá, se falarem de Spitaleri? Um corre-corre de emissoras de tevê, rádios, jornais, interpelações parlamentares, pressões, talvez chantagens... E eu lhe pergunto: quantas pessoas, entre nós e entre os juízes, têm nos seus gabinetes a mesma balança de Laurentano?

Dezesseis

Montalbano estava tão furioso que continuou na varanda terminando a garrafa de uísque com a precisa intenção, se não de ficar bêbado, ao menos de conseguir um pouquinho de sonolência que lhe permitisse ir dormir.

Considerando bem a coisa, de cabeça fria, sem fáceis entusiasmos nem atitudes precipitadas, Lozupone tinha razão: ele jamais conseguiria foder Spitaleri com aquela prova que, no entanto, lhe parecera tão importante.

E também, supondo que Laurentano criasse coragem para prosseguir, supondo que um colega desmiolado levasse o caso a juízo, no processo qualquer advogado desmontaria a prova num abrir e fechar de olhos. Mas era justamente porque a prova carecia de importância, embora continuasse sendo prova, que Spitaleri não seria condenado? Ou era porque na Itália de hoje, à força de leis cada vez mais favoráveis ao culpado, faltava sobretudo a firme vontade de mandar para a cadeia quem cometia um crime?

Mas por que havia sentido, e continuava sentindo, perguntou-se Montalbano, essa vontade enorme de prejudicar Spitaleri?

Porque ele havia erguido uma obra irregular? Ora, nesse caso ele, comissário, deveria implicar com metade dos sicilianos, já que às vezes as construções clandestinas na ilha superavam em número as legais.

Seria porque havia acontecido uma morte em um canteiro dele? Mas quantos desses assim chamados acidentes de trabalho não eram acidentes, e sim verdadeiros homicídios cometidos pelo empregador?

Não: a razão era outra.

O que lhe despertara essa espécie de violenta aversão tinham sido as palavras de Fazio, quando lhe contara que Spitaleri gostava de mocinhas menores de idade e ele havia pensado que o construtor era também um turista sexual.

Não suportava esses personagens que voavam de um continente a outro para desfrutar, da maneira mais ignóbil, da pobreza e da miséria material e moral.

Um sujeito desses, ainda que em seu país habite um palacete de luxo, viaje de primeira classe, aloje-se em hotéis dez estrelas, frequente restaurantes onde um ovo frito custa cem mil euros, permanece sempre, em seu íntimo, mais miserável do que quem rouba as esmolas na igreja ou a merenda de um menininho não por fome, mas pelo prazer de fazer isso.

E homens desse tipo são com certeza capazes das ações mais imundas, mais abjetas.

Finalmente, depois de umas duas horas, ele começou a pestanejar de sono. No copo ainda havia o último dedo de uísque. Bebeu-o, e aquilo desceu mal. E foi enquanto tossia que se lembrou de uma coisa que Lozupone havia dito.

Ou seja, que a autópsia confirmara que o árabe havia bebido muito e por isso caído do andaime.

Mas podia-se levantar outra hipótese.

De que o árabe, ao cair, não morrera. Ficara agonizante e, portanto, conseguia engolir. Então Spitaleri, Dipasquale e Filiberto haviam aproveitado a situação e forçado o coitado a ingerir vinho em abundância. Depois tinham-no deixado sozinho para morrer.

Eram capazes disso, e a ideia devia ter ocorrido ao mais capaz de todos: Spitaleri. E, se as coisas tivessem sido assim como ele as estava imaginando, a derrota não seria somente dele, mas da própria justiça, ou melhor, da própria ideia de justiça.

Por toda a noite, não conseguiu pregar olho. A raiva que sentia no corpo duplicava o calorão. Suou tanto que lá pelas quatro da manhã se levantou e trocou os lençóis. Mas foi tudo inútil: meia hora depois, estavam tão molhados quanto os que ele acabava de trocar.

Às oito, não conseguiu mais continuar deitado. A impaciência, o nervosismo e o calor o deixavam enlouquecido.

Imaginou que Livia em um barco, em mar aberto, devia estar bem melhor do que ele. Então ligou para o celular dela. Uma voz feminina gravada informou-lhe que o número da pessoa chamada encontrava-se desligado e que, se quisesse, podia ligar mais tarde.

Claro: àquela hora a senhorita ou estava dormindo ou estava muito ocupada ajudando o querido primo Massimiliano a manobrar a embarcação! Invadiu-o um ataque de prurido, e ele começou a se coçar até sair sangue.

Em busca de alívio, desceu da varanda para a praia. A areia já fervia, e os pés corriam o risco de se queimar. Ele nadou longamente, no largo a água ainda estava fresca. Mas o refresco foi breve: bastou voltar para casa, e já chegou seco.

Afinal, por que ir para o comissariado?, perguntou-se.

Não tinha grandes coisas a fazer, ou melhor, não tinha nada. Tommaseo estava ocupado com a coletiva de imprensa, Adriana tinha o funeral da irmã, o chefe de polícia talvez estivesse muito ocupado na leitura das respostas aos questionários que enviara aos vários comissariados. E ele só queria ficar à toa, mas fora de casa.

– Catarella?

– Às ordes, dotor.

– Me passe Fazio.

– É pra já.

– Fazio? Esta manhã eu não vou.

– Está se sentindo mal?

– Estou ótimo. Mas tenho certeza de que vou me sentir mal assim que chegar aí.

– Tem razão, doutor. Aqui a gente se sufoca, todo mundo fica sem ar.

– Vou hoje à tarde, lá pelas seis.

– Certo. Ah, doutor, me empresta o miniventilador?

– Cuidado pra não quebrar.

Meia hora depois, já no caminho de Pizzo, parou em frente à casinha rústica, aquela do camponês. Desceu do carro, aproximou-se. A porta estava aberta. Ele chamou.

– Ô de casa!

Na janela do andar acima da porta, debruçou-se o camponês cujo jarrão Gallo havia quebrado com a viatura. Pelo modo como o homem o olhou, Montalbano se convenceu de que ele não o reconhecera.

– O que deseja?

Se dissesse que era da polícia, o cara talvez não o deixasse entrar.

Veio em sua ajuda, do fundo da casa, o cacarejar estridente de umas galinhas. Ele resolveu arriscar.

– Tem ovos frescos?

– Quantos quer?

Não devia ser um galinheiro muito grande.

– Basta uma meia dúzia.

– Entre.

Era um cômodo despojado, que devia servir para tudo. Uma mesa, duas cadeiras, um aparador. Numa parede, um fogão a gás com o botijão, e ao lado uma bancada de mármore sobre a qual havia talheres, copos, pratos, uma panela, uma caçarola... pobres tralhas roídas pelo uso e pelo tempo. Em outra parede estava pendurado um fuzil de caça.

O camponês desceu por uma escada de madeira que levava ao andar de cima, que devia ser o quarto de dormir.

– Vou buscar.

E saiu. O comissário se sentou numa cadeira.

O homem voltou com três ovos em cada mão. Deu dois passos em direção à mesa e parou de chofre. Olhava fixamente para Montalbano, enquanto sua face mudava, perdendo a cor.

– O que o senhor tem? – perguntou o comissário, levantando-se.

– Aaaaaah! – rugiu o camponês.

E atirou em direção à cabeça de Montalbano, com toda a força de que dispunha, os três ovos que segurava na mão direita. Embora apanhado de surpresa, o comissário conseguiu se esquivar de dois, mas o terceiro o pegou no ombro esquerdo e se espatifou, escorrendo-lhe sobre a camisa.

– Agora eu te reconheci, seu tira desgraçado!

– Mas, escute...

– De novo com essa história? De novo?!

– Mas eu vim aqui pra...

Dos outros três ovos, um o atingiu na testa e dois no peito.

Montalbano ficou cego. Levou o lenço aos olhos para se limpar e, quando teve condições de espiar entre as pálpebras ainda grudentas, viu que o camponês segurava o fuzil de caça e o apontava diretamente contra ele.

– Saia da minha casa, seu tira de merda!

O comissário fugiu.

Seus colegas deviam ter feito aquele pobrezinho passar por maus momentos!

As manchas tinham se espalhado tanto pela camisa que ela parecia de uma cor na frente e de outra cor nas costas.

Ele teve de voltar a Marinella para se trocar. E então encontrou Adelina, que estava lavando o piso.

– Dotor, pegaro o senhor com uma ovada?

– Sim, um pobre-coitado. Vou trocar de roupa.

Lavou-se com a água quente do reservatório, vestiu uma camisa limpa.

– Até mais, Adeli.

– Dotor, preciso dizer a vossenhoria que amanhã eu num posso vim.

– Por quê?

– Vou ver meu fio mais velho que tá na cadeia em Montelusa.

– E o mais novo?

– Tomém tá na cadeia, mas em Palermo.

Adelina tinha dois filhos, ambos delinquentes que viviam entrando e saindo da prisão.

O próprio Montalbano os encarcerara algumas vezes. Mas ambos tinham permanecido afeiçoados a ele. O comissário até havia sido padrinho de batismo do filho de um deles.

– Um abraço pra ele.

– Pode dexar, eu dou. Queria dizer que, como não venho, vou preparar mais comidas pra vossenhoria.

– Faça coisas frias, assim duram mais.

Partiu de novo rumo a Pizzo, dessa vez levando o calção.

Acelerou bastante em frente à casinha do camponês, com medo de que lhe desse um tiro, depois passou diante da casa de Adriana, que estava com portas e janelas fechadas, e enfim chegou à *villa*.

Como dispunha da chave, entrou, despiu-se, vestiu o calção, saiu, desceu a escada de pedra e chegou à praia. Àquela altura havia poucos banhistas, que em sua maioria eram estrangeiros. Os sicilianos, depois do *ferragosto*, consideram encerrado o verão, ainda que continue fazendo um calor pior do que antes.

Da primeira vez em que se banhara naquelas águas, quando estivera ali com Callara, Montalbano mantinha uma lembrança de diversão e limpeza. Entrou no mar e começou a nadar. Permaneceu na água até que a pele dos dedos se enrugasse, sinal de que era hora de retornar à margem.

Pretendia tomar uma chuveirada fria e voltar para Marinella a fim de deliciar-se com as maravilhas preparadas por Adelina.

Mas a subida da escada, embaixo do sol a pino, deixou-o esgotado, sem forças. Assim que entrou na *villa*, ele foi descansar na cama de casal.

Eram duas e meia quando se deitou, e quase cinco quando acordou. O colchão até manteve desenhada a silhueta de seu corpo nu, uma silhueta úmida.

Ficou tanto tempo embaixo do chuveiro que gastou toda a água do reservatório, mas aquela não era a sua casa, estava desabitada e, portanto, ele podia se permitir isso sem remorsos.

Quando saiu para se dirigir ao comissariado, viu que diante da *villa* estava parado um outro carro que ele achou já ter visto, mas não recordava onde. Não havia ninguém ali por perto. Talvez as pessoas tivessem descido até a praia.

Depois, notou que na tomada ao lado da porta havia sido plugado um fio que contornava a esquina da casa. Com certeza, para iluminar o andar ilegal.

Quem podia ser? O pessoal da Perícia, com certeza não. Então ele se convenceu de que algum jornalista viera fotografar, na moita, o "local do atroz delito", e de repente uma violenta raiva o invadiu.

Mas como aquela hiena se permitia isso?

Ele correu até o carro, pegou a pistola no porta-luvas, meteu-a no cós da calça. O fio elétrico, depois de dobrar a esquina, prosseguia ao longo da parede, passava sobre as tábuas e desaparecia dentro da janela que servia de entrada para o andar ilegal.

Montalbano pulou o parapeito sem fazer ruído e se viu no banheirinho. Adiantando cautelosamente a cabeça, viu o salão iluminado.

Com certeza o malandro do fotógrafo, na intenção de dar um furo, estava captando imagens do baú onde estivera o cadáver.

"Pois eu é que vou lhe dar um furo!", pensou o comissário.

E fez simultaneamente duas coisas.

A primeira foi sair correndo rumo ao salão, gritando:

– Mãos ao alto!

A segunda foi puxar o revólver e dar um tiro no ar.

Ora, ou porque os ambientes estavam vazios de móveis e ecoavam, ou porque o andar estava completamente revestido de plástico, que não deixava os sons se dispersarem, aquele tiro produziu um barulho enorme, pouco inferior à explosão de uma bomba de alta potência.

O primeiro a se apavorar foi o próprio Montalbano, cuja impressão foi que o revólver tinha escapulido de sua mão. Completamente ensurdecido pelo estouro, ele irrompeu no salão.

O fotógrafo, apavorado, tinha deixado a máquina cair e, tremendo todo, estava de joelhos, com a testa tocando o chão e as mãos erguidas. Parecia um árabe em oração.

– O senhor está preso! – bradou o comissário. – Eu sou Montalbano!

– Po... po... po... – gaguejou o sujeito, mal levantando a cabeça.

– Por quê?! Quer saber por quê? Porque rompeu os lacres para entrar aqui!

– Mas não havia lacres! – exclamou uma voz trêmula, que não se percebia de onde vinha. Montalbano olhou ao redor e não viu ninguém.

– Quem falou?

– Eu.

E de trás das madeiras embrulhadas em plástico surgiu a cabeça do sr. Callara.

– Comissário, acredite: não havia lacres! – repetiu ele.

A essa altura Montalbano se lembrou de que, para seguir Adriana, não tivera tempo de recolocá-los.

– Deve ter sido algum garotão que os removeu – disse.

Dentro do salão, o poderoso refletor aumentava o calor próprio do ambiente, não se podia sequer falar, a garganta logo ficava seca.

– Vamos sair daqui – disse o comissário.

Os outros seguiram-no até o andar de cima, beberam copázios de água mineral e se sentaram no salão com a porta escancarada.

– Quase tive um troço, de tanto pavor – declarou o homem que Montalbano tinha tomado por fotógrafo.

– Eu também – disse Callara. – Toda vez que venho a esta maldita *villa* me acontece uma coisa!

– Eu sou Paladino, técnico em edificações – apresentou-se o homem que segurava a máquina fotográfica.

– Mas o que vocês vieram fazer?

O sr. Callara tomou a palavra.

– Comissário, já que o prazo para regularização de imóveis vence daqui a pouco tempo, e como justamente hoje de manhã me chegaram por correio expresso os papéis da sra. Gudrun, eu pedi ao técnico Paladino que começasse a fazer tudo o que é necessário...

– ...e a primeira coisa absolutamente necessária é a documentação fotográfica do imóvel ilegal – interveio Paladino. – Fotos que serão anexadas às plantas.

– Já terminou de fazê-las?

– Ainda faltam três ou quatro do salão.

– Vamos lá.

Montalbano desceu com eles, acompanhou-os até a janela do banheirinho, mas não entrou. Em vez disso, deteve-se para recolher as fitas de interdição e os lacres, que haviam ido parar embaixo das duas tábuas, e deixou-os num canto.

– Espero os senhores lá em cima!

Fumou dois cigarros, sentado num trecho da mureta do terraço onde já fazia um tempinho que não batia sol.

Finalmente, Callara apareceu.

– Terminamos.

– E Paladino?

– Foi levar o equipamento para o carro. Daqui a pouco vem se despedir do senhor.

– Se precisar voltar aqui, me informe antes.

– Obrigado. A propósito, preciso lhe perguntar uma coisa, doutor.

– Diga.

– Quando vão desinterditar o local?

– O senhor tem pressa?

– Alguma eu teria, sim. Gostaria de marcar com Spitaleri a data de remoção da terra e de restauração. Se eu não agendar isso com antecedência, com todas as ocupações que ele tem...

– Se Spitaleri não puder, procure outro.

Paladino voltou.

– Podemos ir.

– Não posso procurar outro – declarou Callara.

– Não pode, como assim?

– Há um contrato, do qual eu não sabia, mas vi entre os documentos que me chegaram da Alemanha hoje de manhã.

– Explique melhor isso daí.

– É um contrato legal – disse Paladino. – Callara me mostrou.

Dessa vez, quem respondeu foi Callara.

– Nele está escrito que o sr. Angelo Speciale se compromete formalmente a encomendar os trabalhos de remoção da terra e de restauração das paredes externas e internas do andar ilegal à empresa do técnico Spitaleri, no momento em que o pedido de regularização for formalizado. E também se compromete a não procurar outras empresas, caso nesse momento Spitaleri esteja ocupado com outras obras, mas sim aguardar a disponibilidade dele.

– Um contrato privado – disse Montalbano.

– Sim, mas tudo regular, com firma reconhecida. E, se a pessoa não o respeitar, sobretudo com um personagem como Spitaleri, o senhor entende que pode haver grandes aborrecimentos – comentou Paladino.

– Desculpe, senhor técnico, mas isso já lhe aconteceu outras vezes?

– Esta é a primeira. Nunca me aconteceu ver um contrato desses escrito com tanta antecedência. E não consigo entender. Então me pergunto: para um sujeito como Spitaleri, que importância pode ter um trabalho como este, uma coisa de alguns trocados?

– Sem dúvida – interveio Callara –, foi Speciale quem quis esse contrato. Sabia que podia confiar em Spitaleri, de modo que, para ele, não haveria necessidade de estar presente no momento do início dos trabalhos.

– Viu a data?

– Sim, 27 de outubro de 1999. Na véspera de Angelo Speciale partir de volta para a Alemanha.

– Sr. Callara, vou procurar suspender a interdição o mais depressa possível.

Até lá, voltou a colocar os lacres. Depois entrou no carro e partiu. Mas freou pouco metros adiante.

A porta e as duas janelas da casa de Adriana estavam abertas. Será que a jovem tinha ido para lá em busca de serenidade, depois da tristeza do funeral?

Montalbano ficou dividido. Ir ao encontro dela ou prosseguir?

Depois viu uma senhora idosa, certamente uma faxineira, fechando as duas janelas, uma após a outra. Ele esperou mais um pouco. A mulher apareceu à porta e trancou-a com chave.

Montalbano engatou a marcha e partiu para o comissariado, um pouquinho decepcionado e um pouquinho contente.

Dezessete

– Hoje de manhã eu fui ao funeral – disse Fazio.

– Tinha muita gente?

– Muita, doutor, e com a costumeira explosão de emoções. Mulheres desmaiando, mulheres chorando, as ex-colegas de escola com buquês de flores alvas, em suma, o mesmo teatro, tanto que, quando o caixão saiu da igreja, todo mundo começou a bater palmas. Por que será que batem palmas para os mortos?

– Talvez porque eles fizeram bem por morrerem.

– Está brincando, doutor?

– Não. Quando é que as pessoas batem palmas? Quando gostaram de alguma coisa. Pela lógica, portanto, isso deveria significar: fiquei muito contente por você finalmente ter parado de encher o saco. Da família, quem estava?

– O pai, amparado por um homem e uma mulher que deviam ser parentes dele. A srta. Adriana não estava, certamente havia ficado em casa cuidando da mãe.

– Preciso lhe dizer uma coisa da qual você não vai gostar.

E Montalbano contou sobre o encontro com Lozupone. No final, Fazio não demonstrou nenhuma surpresa.

– Não vai dizer nada?

– O que eu devo dizer, doutor? Já esperava. De um jeito ou de outro, Spitaleri vai livrar a cara agora e sempre, *per omnia sæcula sæculorum.*

– Amém. A propósito de Spitaleri, preciso que você me faça um favor: telefone para ele, porque não tenho a mínima vontade de falar com esse indivíduo.

– O que eu devo perguntar?

– Se, naquela viagem em que partiu num dia 12 de outubro para Bangkok, ele recorda a data em que voltou.

– É pra já.

Voltou uns dez minutos depois.

– Tentei o celular, mas estava desligado. Então telefonei para o escritório, mas ele não estava. A secretária então consultou uma agenda antiga e me disse que Spitaleri com certeza voltou no dia 26 à tarde. Disse até que se lembrava muito bem daquela data.

– Ela disse por quê?

– Doutor, aquela mulher fala tanto que, se a gente não interromper, ela é capaz de falar um dia inteiro sem parar. Contou que faz aniversário justamente em 26 de outubro, e naquele dia achava que Spitaleri tinha se esquecido, e no entanto Spitaleri lhe trouxe não somente a orquídea com que a Thai, a companhia aérea, presenteia todos os passageiros, como também uma caixa de chocolates. E foi isso. Por que o senhor queria saber?

– Pois é, eu hoje fui dar um mergulho em Pizzo e, quando estava saindo da *villa*...

E Montalbano contou a história.

– O que significa – concluiu – que no dia seguinte, talvez por ter sabido que Angelo Speciale estava de partida para a Alemanha, ele fez esse contrato privado.

– Não vejo nada de estranho nisso – comentou Fazio. – E sem dúvida quem solicitou esse contrato, como Callara diz, foi Speciale, que àquela altura confiava em Spitaleri.

Montalbano, porém, não pareceu convencido.

– Tem alguma coisa que não me convence.

O telefone tocou. Era Catarella, apavorado.

– Nossinhora, Nossinhora, Nossinhora!

– O que foi, Catarè?

– Nossinhora, dotor! O senhor e chefe de polícia tá no tilifone!

– E daí?

– Tá parecendo doido! Com perdão da palavra, tá que nem cachorro raivoso!

– Me transfira a ligação e vá beber um conhaquinho que esse medo passa.

O comissário ligou o viva-voz e acenou a Fazio para escutar.

– Bom dia, senhor chefe!

– Bom dia é o caralho!

Pelo que se lembrava, Montalbano jamais tinha ouvido Bonetti-Alderighi dizer um palavrão. Portanto, a coisa devia ser bastante séria.

– Senhor chefe, não entendo por que...

– O questionário!

Montalbano se sentiu aliviado. Era só isso? Ele deu uma risadinha.

– Mas, chefe, o questionário em questão não está mais em questão.

Ah, como era bom seguir de vez em quando os ensinamentos do grande mestre Catarella!

– Que história é essa?

– Já providenciei fazê-lo chegar ao senhor.

– Claro que providenciou! Ora se não providenciou!

Por que vinha lhe encher o saco, então? Por que lhe torrava os colhões? Ele traduziu essas perguntas:

– Nesse caso, qual é o problema?

– Montalbano, por acaso o senhor resolveu se dedicar com afinco a me deixar nervoso?

Foi por causa desse "com afinco" que o comissário se enfureceu de repente e, da gozação, passou ao contra-ataque.

– Mas que babaquice é essa? O senhor está delirando!

O chefe de polícia fez um esforço para se acalmar.

– Montalbano, escute. Eu sou bondoso e amável, mas, se o senhor quer me sacanear, saiba que...

Ainda por cima, "bondoso e amável"! Queria deixá-lo cego de raiva?

– Me diga o que eu fiz e não fique me ameaçando.

– O que o senhor fez? Me devolveu o questionário do ano passado, foi isso que o senhor fez! Entendeu? O do ano passado!

– Puxa, veja só como o tempo passa!

O chefe estava tão indignado que sequer o escutou.

– Eu lhe dou duas horas, Montalbano. Encontre o novo questionário, responda às perguntas e me envie por fax dentro de duas horas. Entendeu? Duas horas!

Desligou.

Montalbano olhou desconsolado o oceano de papéis que ele precisava atravessar de novo.

– Fazio, me faz um favor?

– Pode mandar, doutor.

– Você me dá um tiro?

Ao todo, levaram três horas: duas para procurar o questionário, uma para responder. A certa altura, perceberam que era igualzinho ao do ano anterior, as mesmas perguntas na mesma ordem, só mudava a data do cabeçalho. Não fizeram comentários: já não tinham forças para dizer o que achavam da burocracia.

– Catarella!

– Cheguei.

– Mande este fax imediatamente e diga ao senhor e chefe de polícia pra meter onde ele bem sabe.

Catarella ficou branco.

– Não tenho corage, dotor.

– É uma ordem, Catarè!

– Bem, dotor, se vossenhoria diz que é uma orde...

Virou as costas, resignado, e já ia saindo. Mas, espere: pensando bem, Catarella era capaz de repetir aquilo!

– Não, escute, envie o fax, mas não diga nada a ele.

Afinal, quantas toneladas de poeira se misturam com a papelada de um escritório? Em Marinella, o comissário se livrou da roupa que fedia a suor e ficou meia hora embaixo do chuveiro.

Ainda de cueca, ia se dirigindo à geladeira para descobrir o que Adelina lhe havia preparado quando o telefone tocou.

Era Adriana. Nem o cumprimentou, sequer perguntou como ele estava, foi diretamente ao que a interessava.

– Não posso ir à sua casa esta noite. Minha amiga enfermeira não conseguiu se liberar. Só pode vir amanhã de manhã. Mas, de manhã, você trabalha, não é?

– Sim.

– Queria ver você.

Calado, Montalbano, calado. Corte sua língua, Salvo, mas não diga aquele "eu também" que você já ia soltando.

As palavras da moça, quase sussurradas, provocaram nele um suadouro.

– Eu realmente queria muito ver você.

O suadouro começou a se evaporar, a se transformar num vapor aquoso levinho, levinho, porque, embora já fossem nove da noite, ainda fazia um calor de rachar.

– Sabe de uma coisa? – perguntou Adriana, mudando de tom.

– Diga.

– Lembra que meus tios iam retornar hoje a Milão, no início da tarde?

– Sim.

Não se podia dizer que, com Adriana, ele gastava muita saliva.

– Bem, foram para o aeroporto. Mas, quando chegaram lá, souberam que o voo deles, além de muitos outros, havia sido cancelado, por causa de uma greve repentina.

– E o que resolveram?

– Foram de trem, coitados. Com esse calor, imagine a viagem que vão enfrentar! Me diga o que você estava fazendo.

– Quem, eu? – respondeu Montalbano, apanhado de surpresa pela repentina mudança de assunto.

– O comissário dr. Salvo Montalbano poderia dizer o que estava fazendo no momento em que recebeu um telefonema da estudante Adriana Morreale?

– Estava indo abrir a geladeira pra pegar alguma coisa pra comer.

– Onde você põe a mesa? Na cozinha, como costumam fazer as pessoas que comem sem companhia?

– Não gosto de comer na cozinha.

– E gosta onde?

– Na varanda.

– Você tem uma varanda? Meu Deus, que maravilha! Me faça um favor: ponha a mesa para duas pessoas.

– Por quê?

– Porque eu também quero estar aí.

– Mas você disse que não pode vir!

– Em sentido figurado, idiota. Quero que você pegue um bocado do meu prato e eu pegue um do seu.

Montalbano sentiu uma leve tontura.

– Tu... tudo bem.

– Tchau. Boa noite. Amanhã ligo de novo. Te amo.

– Eu t...

– O que você disse?

– Eu tenho que me livrar de uma mosca chata, ela fica passeando em cima do meu nariz.

Ufa, conseguira se safar.

– Ah, escute, me ocorreu uma ideia. Por que você não me convoca para amanhã de manhã no comissariado e me submete a um rigoroso interrogatório olho no olho, como queria Tommaseo?

E desligou rindo.

Mas que geladeira, que nada! Que comida, que nada! O que ele devia fazer de imediato era ir se jogar no mar e nadar demoradamente, para refrescar a cabeça e baixar a temperatura do sangue, que sem dúvida atingira o nível de ebulição. Era só o que faltava: Adriana colaborando para agravar esse verão ardente!

Foi justamente quando nadava na escuridão da noite que teve início seu tormento. Uma sensação que ele conhecia bem. Começou a boiar, com os olhos abertos, fitando as estrelas.

A sensação era a de uma broca, uma furadeira manual que começava lhe cutucando vagarosamente o cérebro. E a cada giro fazia o clássico ruído de furadeira: zzz... zzz... zzz...

Uma grande chatice que vinha a significar – e já não

lhe causava surpresa alguma, fazia anos que isso acontecia – que durante o dia ele ouvira alguma coisa muito importante, alguma coisa que poderia ser decisiva para a investigação, e à qual ele não dera importância na hora.

Mas quando a ouvira? Quem a tinha dito?

Zzz... zzz... zzz...

Uma espécie de cupim que o deixava nervoso.

Com braçadas amplas e vagarosas, voltou à areia.

Entrou em casa e percebeu que a fome passara. Então pegou uma nova garrafa de uísque, um copo e um maço de cigarros, e sentou-se na varanda molhado como estava, sem sequer despir o calção.

Pensa que pensa, não recordava nadica de nada.

Uma hora depois, entregou os pontos. Densa escuridão. Antes, pensou ele, bastava concentrar-se um pouquinho para se lembrar daquilo que o inquietava. Mas antes quando?, perguntou-se. Quando você era mais novo, Montalba, foi a inevitável resposta.

Decidiu então comer alguma coisa. E lembrou-se de que Adriana lhe pedira para colocar um prato também para ela... Foi tentado a fazer isso, mas se sentiu ridículo.

Então arrumou a mesa só para ele, foi até a cozinha, pousou a mão no puxador da geladeira ainda pensando em Adriana, e sentiu o choque.

Como era possível? Evidentemente, a geladeira estava com defeito, era perigosa, ele precisava comprar uma nova.

Mas por que, ainda com a mão sobre o puxador, já não sentia nenhum choque?

Será que não tinha sido um choque elétrico, mas sim alguma coisa dentro dele, um curto-circuito em sua cabeça?

O choque acontecera enquanto ele pensava em Adriana! Era alguma coisa que a moça havia dito!

Voltou à varanda. De uma hora para outra, a fome passara.

E de repente as palavras de Adriana lhe vieram à mente. Ele saltou de pé, pegou os cigarros, desceu à praia e começou a caminhar à beira-mar.

Três horas depois, havia terminado o maço e as pernas lhe doíam por causa da longa caminhada. Voltou para casa, olhou o relógio. Eram três da manhã. Tomou banho, fez a barba, vestiu-se nos trinques, bebeu uma xicrona de café. Às quinze para as quatro saiu, entrou no carro e partiu.

Àquela hora, a viagem seria fresquinha. E em sua velocidade normal, sem precisar correr ao estilo de Gallo.

Estava indo atrás de uma esperança. Tão sutil, tão etérea, que bastaria um sim ou um não para fazê-la desaparecer completamente. Melhor dizendo: estava indo atrás de uma ideia maluca.

Chegou a Punta Raisi quase às oito da manhã. Tinha levado o mesmo tempo que um motorista normal levaria para ir e voltar. Mas havia sido uma viagem tranquila, ele não sentira calor e não tivera motivos para brigar com outro condutor.

Estacionou, desceu. Respirava-se melhor ali do que em Vigàta. A primeira coisa que ele fez foi ir ao bar: um expresso duplo, bem forte. Depois se apresentou no comissariado do aeroporto.

– Sou o comissário Montalbano. O dr. Capuano está?

Sempre que estava ali, para a chegada ou a partida de Livia, visitava o colega.

– Acabou de chegar. O senhor pode entrar, se quiser.

Ele bateu à porta e entrou.

– Montalbano! Esperando sua noiva?

– Não, vim lhe pedir uma mãozinha.

– Disponha. De que se trata?

Montalbano explicou. Capuano respondeu:

– Vamos precisar de um tempinho. Mas eu tenho a pessoa certa.

E chamou:

– Cammarota!

Era um rapaz de seus trinta anos, preto retinto, olhos brilhantes de inteligência.

– Fique à disposição do dr. Montalbano, que é um amigo meu. Podem ficar aqui e usar meu computador, até porque daqui a pouco eu tenho reunião com o chefe de polícia.

Permaneceram trancados no gabinete de Capuano até o meio-dia, consumindo dois cafés e duas cervejas por cabeça. Cammarota se revelou hábil e competente, entrou em contato com ministérios, aeroportos, empresas aéreas. No final, o comissário veio a saber tudo o que desejava.

Quando entrou de volta no carro, começou a espirrar, efeito retardado do ar-condicionado.

No meio do caminho viu uma *trattoria* em frente à qual estavam parados três caminhões, sinal seguro de que ali se comia bem. Depois de fazer o pedido, foi telefonar.

– Adriana? Montalbano.

–Ah, que bom! Resolveu me submeter a uma arguição?

– Preciso ver você.

– Quando?

– Hoje à noite, ali pelas nove, em Marinella. Você janta comigo.

– Espero conseguir me organizar. Alguma novidade?

Como fizera para perceber?

– Acho que sim.

– Eu te amo.

– Não diga a ninguém que vai à minha casa.

– Ora, imagine!

Logo em seguida, Montalbano ligou para o comissariado e pediu que lhe passassem Fazio imediatamente.

– Doutor, mas onde o senhor está? Hoje de manhã eu o procurei porque...

– Mais tarde você me diz. Estou voltando de Palermo, preciso falar com você. Nos encontramos no comissariado às cinco. Cancele todos os compromissos, é importante.

A *trattoria* dispunha de um enorme ventilador de teto que o aliviou, permitiu-lhe ficar sentado sem que a camisa e a cueca se grudassem à pele. Como previsto, comeu bem.

E, ao entrar de volta no carro, pensou que se na ida a esperança havia sido sutil como uma teia de aranha, agora, na volta, se tornara grossa como uma corda.

Uma corda de forca.

Começou a cantar, totalmente desafinado, "O Lola", da *Cavalleria rusticana.*

De volta a Marinella, tomou uma chuveirada, trocou de roupa e partiu às pressas para o comissariado. Sentia-se febril, nervoso, qualquer coisa o incomodava.

– Dotor, ah, dotor! Tilifonou...

– Caguei pra quem telefonou. Me mande Fazio agora mesmo.

Ligou o miniventilador. Fazio apareceu correndo, roído pela curiosidade.

– Entre, feche a porta e sente-se.

Fazio obedeceu e se sentou na pontinha da cadeira, com os olhos grudados no comissário. Parecia um cão de caça.

– Sabia que ontem houve uma greve em Punta Raisi, e por isso foram cancelados muitos voos?

– Não, não sabia.

– Ouvi isso no telejornal regional.

Era mentira, ele não queria dizer que soubera daquilo por Adriana.

– Tudo bem, doutor, houve uma greve. Quem é que não faz greve, hoje em dia? Mas o que isso tem a ver conosco?

– Tem a ver, tem a ver.

– Compreendi, doutor. Vossenhoria está contornando o assunto porque quer me cozinhar em fogo lento.

– E quantas vezes você faz isso comigo?

– É verdade, mas, agora que deu o troco, fale, por favor.

– Bem, eu soube dessa greve e não dei importância. Mas, pouco depois, uma suposição começou a se formar em minha cabeça. Pensei sobre o assunto e, de repente, ficou tudo claro. Transparente. Então, de madrugada, parti para Punta Raisi. Precisava conferir se aquela suposição inicial se confirmava.

– E se confirmou?

– Totalmente.

– E então?

– Então, significa que eu sei o nome do assassino de Rina.

– Spitaleri – disse Fazio, muito calmamente.

Dezoito

– Ah, não! – enfureceu-se Montalbano. – Você não pode foder com minha performance! Assim não vale! Dizer o nome cabia a mim! Tenha mais respeito por um superior!

– Não falo mais nada – prometeu Fazio.

Montalbano se acalmou, mas Fazio não entendeu se ele se enfurecera de gozação ou a sério.

– Como você chegou a essa conclusão?

– Doutor, vossenhoria foi a Punta Raisi em busca de uma confirmação. Até prova em contrário, Punta Raisi é um aeroporto. Ora, entre os suspeitos, quem foi que pegou um avião? Spitaleri. Já Angelo Speciale e seu enteado Ralf partiram de trem. Certo?

– Certo. Então, quando ouvi a palavra greve, me ocorreu que nós sempre demos como verdadeiro o álibi de Spitaleri. E também eu soube que os colegas de Fiacca, quando investigavam o desaparecimento, tinham apertado Spitaleri na época e ele se saiu com a história da viagem a Bangkok. Achei que os colegas tinham conferido. E, assim, nós nunca pedimos a

Spitaleri a prova de que, precisamente naquele dia, ele partiu mesmo para Bangkok.

– Mas, doutor, existe uma confirmação indireta: Dipasquale e a secretária receberam dele um telefonema dado a partir de uma escala intermediária. E eu estou convencido de que aquele telefonema realmente aconteceu.

– E quem lhe garante que o telefonema foi feito de uma escala? Se você me faz uma videochamada de um telefone público ou de um celular, eu não fico sabendo de onde você chamou. Você pode dizer que está no Cafundó do Judas ou no Círculo Polar Ártico e eu tenho que acreditar.

– É verdade.

– Por isso eu procurei o comissariado de Punta Raisi. Eles foram gentilíssimos. Levamos quatro horas, mas acertamos em cheio. Aquele 12 de outubro caiu numa quarta-feira. O voo da Thai decola de Fiumicino, em Roma, às 14h15. Spitaleri partiu para Punta Raisi a fim de pegar um avião de Palermo a Fiumicino e chegar a tempo para o outro voo. Só que, em Punta Raisi, ele vem a saber que o avião que deve levá-lo a Roma vai partir com duas horas de atraso por motivos técnicos. Portanto, ele não conseguirá pegar o voo para Bangkok. E, assim, Spitaleri fica bloqueado em Punta Raisi. Consegue trocar a passagem para o dia seguinte. Não há problema, porque na quinta-feira o voo da Thai parte às 14h45. Até aqui, estamos seguros.

– Em que sentido?

– No sentido de que podemos documentar isso que eu lhe disse. Agora, faço uma suposição. Ou seja, que Spitaleri, não tendo nada pra fazer em Palermo, retorna a Vigàta. Creio que tenha pegado a estrada de Trapani, que, para chegar aqui, obriga a passar primeiro por Montereale. Então ele decide ir ver se os operários terminaram o trabalho em Pizzo. Não esqueçamos que a decisão de só recobrir definitivamente o andar ilegal no dia seguinte foi tomada por Dipasquale, e portanto Spitaleri não sabia disso. Quando chega, ele não encontra mais ninguém, nem os pedreiros nem Speciale com Ralf. Verifica, no entanto, que o andar ilegal não foi recoberto, ainda é possível entrar ali. A essa altura, e esta é a suposição mais ousada que faço, lhe acontece ver Rina nos arredores. Deve ter lhe ocorrido que, naquele momento, ele não existia ali.

– Como assim, não existia?

– Raciocine. Àquela hora, Spitaleri não pode estar em Pizzo. Para todo mundo, ele está voando para Bangkok. Por outro lado, ainda não chegou a Vigàta, voltando de Punta Raisi. Portanto, ninguém sabe que ele não viajou. Que oportunidade seria melhor? Então, pelo celular, ele liga para o escritório. E assim confirma seu álibi. Acredita que está tudo em ordem, mas comete um grande erro.

– Ou seja?

– O erro é justamente esse telefonema. Percebe-se que Spitaleri não ia a Bangkok havia pelo menos três meses, porque desde julho daquele ano os voos da Thai tinham se tornado diretos, não faziam mais escala.

– E depois, o que aconteceu, na sua opinião?

– Não esqueça que estou no terreno das hipóteses. Bem, sentindo-se seguro, Spitaleri aborda Rina e, quando vê que a garota não está interessada, puxa a faca que ele leva sempre consigo, inclusive apontou-a contra Ralf, como nos contou Adriana, e a obriga a descer ao andar subterrâneo. O resto, você pode imaginar.

– Não – disse Fazio. – Não quero imaginar.

– E isso explica inclusive o contrato.

– Aquele feito com Speciale?

– Exatamente. Aquele assinado com Speciale quanto à recuperação da *villa*, depois da regularização. Havia uma coisa que me intrigava, ou seja, o fato de, por esse documento, Speciale ficar impedido de recorrer a qualquer outra empresa. Isso significava que Spitaleri queria estar totalmente seguro de que seria ele a desenterrar o andar ilegal, de tal modo que assim poderia se livrar do baú com a morta. É uma ideia que lhe ocorre quando ele está no exterior, e por isso, assim que retorna, vai atrás de Speciale, esperando que ele ainda esteja em Vigàta. Faz sentido pra você?

– Faz.

– E, na sua opinião, o que eu deveria fazer agora?

– O que o senhor deve fazer, como assim? Amanhã de manhã procura o dr. Tommaseo, conta a ele a história toda e...

– E acabo tomando você sabe onde.

– Por quê?

– Porque, tratando-se de um cara com tantos contatos como Spitaleri, Tommaseo vai agir pisando em ovos. Não só isso: terá de enfrentar advogados que vão comê-lo cru. Atingir Spitaleri significa encher o saco de muita gente, mafiosos, parlamentares, prefeitos. Ao redor dele há muitos interesses envolvidos.

– Doutor, Tommaseo pode ser um sujeito que não pode ver um rabo de saia, mas, quanto a honestidade...

– Mas eles vão botar Tommaseo no bolso! Se você quiser, posso lhe antecipar a linha de defesa de Spitaleri:

"Mas na manhã do dia 12 o meu cliente partiu de Punta Raisi num avião que saiu antes daquele que teve problema técnico."

"Só que, entre os nomes dos passageiros dos voos precedentes, não consta o de Spitaleri!"

"Mas consta o de Rossi!"

"E quem é esse Rossi?"

"Um passageiro que desistiu da viagem, permitindo assim que Spitaleri partisse antecipadamente para pegar o voo rumo a Bangkok."

– Posso fazer o papel de Tommaseo? – pediu Fazio.

– Claro.

"E como se explica o telefonema feito da escala que não existia?"

Ele fez a pergunta e olhou para o comissário com expressão de triunfo. Montalbano riu.

– Sabe como o advogado lhe responde? Assim:

"Mas o meu cliente telefonou de Roma! O voo da Thai, naquele dia, decolou às 18h30, e não às 14h15!"

– É verdade que o voo saiu nesse horário? – perguntou Fazio.

– É. Só que Spitaleri ignorava que haveria esse atraso. Ele já imaginava o avião em voo para Bangkok.

Fazio fez uma cara de dúvida.

– Bem, colocando as coisas assim...

– Viu como eu tenho razão? Aqui, corremos o risco de tudo acabar como no caso do pedreiro árabe.

– Então, o que acha que devemos fazer?

– Precisamos absolutamente conseguir uma confissão.

– Fácil dizer!

– Pois é, e nem mesmo é certo que, com a confissão, vamos conseguir mandá-lo pra cadeia. Ele vai dizer que nós a arrancamos com tortura, com porrada. A confissão é o mínimo para levá-lo diante de um tribunal.

– Sim, mas como fazer?

– Uma certa ideia eu já tenho.

– É mesmo?!

– Sim. Mas não quero falar disso aqui. Podemos nos ver lá em casa hoje à noite, por volta das dez e meia?

Montalbano chegou a Marinella às oito. A primeira coisa que fez foi ir para a varanda.

Não havia um sopro de vento, o ar parecia um pesado manto jogado sobre a terra. O calor absorvido pela areia durante o dia só agora começava a evaporar, e aumentava o mormaço e a umidade. O mar parecia morto, a espuma branca da arrebentação era uma espécie de baba.

O nervoso pela vinda de Adriana e pelo que ele deveria perguntar a ela fazia-o transpirar como se estivesse dentro de uma sauna.

Despiu-se e, de cueca, foi abrir a geladeira. Ficou perplexo. Lembrou-se de que não olhava ali dentro desde quando Adelina lhe dissera que ia fazer comida para dois dias.

Não era uma geladeira, mas um cantinho da Vucciria, o grande mercado de Palermo. Ele cheirou cada iguaria, tudo ainda estava fresco.

Arrumou a mesa na varanda. Levou para lá azeitonas verdes, *passuluna*, aipo, *caciocavallo* e depois seis pratos: um de anchovas, um de minilulas, um de minipolvos, um de sépias, um de atum e um de caracóis-do-mar. Cada um era temperado de maneira diferente. E na geladeira ainda restavam coisas de comer.

Depois tomou banho, vestiu-se e decidiu ligar para Livia, sentia uma ansiedade, uma necessidade de pelo menos escutar a voz dela. Talvez para se blindar diante da chegada de Adriana? A costumeira gravação feminina atendeu dizendo que o número chamado podia estar desligado ou indisponível.

Indisponível! Que merda significava isso?

Afinal, por que Livia se esquivava justamente no momento em que ele mais precisava dela? Será que não percebia o pedido de socorro silencioso que ele estava lhe enviando? Estaria a senhorita muito absorvida pelas distrações, ou melhor, pelos prazeres que o primo Massimiliano lhe proporcionava?

Enquanto sua fúria ia aumentando cada vez mais, e ele não sabia se por um ataque de ciúme ou por se sentir ofendido em seu orgulho, tocaram a campainha. Ele não conseguiu se mexer. Segundo toque, mais demorado.

Finalmente foi abrir, num passo a meio caminho entre o de um condenado à morte sendo levado à cadeira elétrica e o de um adolescente em seu primeiro encontro amoroso. Já estava encharcado de suor.

Adriana, de jeans e camiseta, beijou-o de leve na boca, quase com uma intimidade antiga, e entrou na casa roçando o corpo dele.

Mas como era que, com todo o calorão que fazia, aquela garota conseguia estar sempre fresquinha?

– Foi complicado, mas consegui vir! Sabia que estou até um pouco emocionada? Me mostre.

– O quê?

– Sua casa.

Adriana a percorreu escrupulosamente, cômodo por cômodo, como se fosse comprá-la.

– De que lado você dorme? – perguntou a ele, diante da cama.

– Ali. Por quê?

– Nada. Curiosidade. Como se chama sua noiva?

– Livia.

– De onde ela é?

– Gênova.

– Me mostre a foto.

– De quem?

– De sua noiva, ora!

– Não tenho.

– Mostre, não vou rasgá-la.

– É verdade, não tenho nenhuma.

– Por quê?

– Não sei.

– Onde ela está agora?

– Indisponível.

Tinha soltado sem querer. Adriana o encarou, perplexa.

– Está num barco, passeando com uns amigos.

Por que não dissera a verdade?

– Arrumei a mesa na varanda, venha – disse ele, para desviá-la daquele assunto delicado.

Ao ver a mesinha posta, Adriana se espantou.

– Tudo bem que eu goste de comer, mas essas coisas todas... Meu Deus, como é bonito aqui!

– Sente-se você primeiro.

Adriana se acomodou no banco, mas só se deslocou um pouquinho, de tal modo que Montalbano, para ficar ao seu lado, praticamente precisou se grudar a ela.

– Não gosto – disse Adriana.

– De quê?

– De ficar assim.

– Tem razão, estamos muito apertados. Mas, se você se afastar um pouco mais...

– Você não entendeu. Não gosto de comer sem olhar pra você.

Montalbano foi buscar uma cadeira e se sentou diante dela.

Também se sentia melhor a uma certa distância.

Afinal, por que, embora a noite avançasse, ainda fazia tanto calor?

– Me dá um pouco de vinho?

Era um branco forte e gelado. Descia que era uma beleza. Na geladeira, ele tinha mais duas garrafas.

– Antes de começar, devo lhe perguntar uma coisa que preciso muito saber – disse Montalbano.

– Não sou noiva. E, no momento, não estou com ninguém.

O comissário embatucou.

– Não era isso que... eu não pretendia... Você conhece Spitaleri pessoalmente?

– O construtor? Aquele que salvou Rina da agressão de Ralf? Não, nunca nos conhecemos.

– Como assim? Afinal, você e sua irmã moravam a poucos metros do canteiro de obras dele.

– É verdade. Mas, veja, naquela época eu ficava mais tempo com os tios, em Montelusa, do que com meus pais em Pizzo. Nunca o encontrei.

– Tem certeza?

– Sim.

– E depois? Durante as buscas por Rina?

– Os tios me levaram quase de imediato para Montelusa. Meus pais estavam muito ocupados nas buscas, não dormiam mais, não comiam mais. Os tios quiseram me afastar daquela atmosfera angustiante.

– E recentemente?

– Também não. Não fui ao funeral, evitei as entrevistas de tevê, somente um jornal escreveu que Rina tinha uma irmã, mas não especificou que éramos gêmeas.

– Vamos começar a comer?

– Claro. Por que você me perguntou sobre Spitaleri?

– Depois lhe conto.

– Você disse que havia novidades.

– Também falamos sobre elas depois.

Estavam comendo em silêncio, volta e meia fitando-se nos olhos, quando de repente Montalbano sentiu um joelho de Adriana tocando os seus. Afastou-os um pouquinho e uma perna da moça se enfiou entre as dele. Depois, adiantando também a outra perna, Adriana aprisionou uma das de Montalbano, apertando-a com força.

Foi por milagre que o comissário conseguiu não se engasgar com o vinho. Mas sentiu-se ruborizar e teve raiva de si mesmo.

Em seguida, Adriana apontou os caracóis-do-mar.

– Como se come isto?

– É preciso tirá-los com essa pinça que coloquei entre seus talheres.

Adriana tentou e não conseguiu.

– Pode me servir?

Montalbano usou a pinça, ela abriu a boca e deixou que ele a alimentasse.

– Gostoso. Mais.

A cada vez que ela abria os lábios esperando o caracol, Montalbano sentia uma espécie de desmaio.

A garrafa de vinho se esvaziou num abrir e fechar de olhos.

– Vou buscar outra.

– Não – disse Adriana, apertando-lhe a perna prisioneira.

Mas de imediato deve ter percebido o embaraço, a inquietação de Montalbano.

– Tudo bem, pode ir – disse, liberando-o.

O comissário, de volta com a garrafa aberta, já não se sentou na cadeira, mas sim ao lado de Adriana.

Acabaram de comer e Montalbano tirou a mesa, deixando somente garrafa e copos. Quando se sentou novamente, Adriana lhe deu o braço e apoiou a cabeça no ombro dele.

– Por que você foge? – perguntou.

Havia chegado o momento de uma conversa séria? Talvez fosse melhor mesmo: enfrentar de cara a questão.

– Adriana, acredite, eu não teria a menor vontade de fugir. Você me atrai como raramente me acontece. Mas percebe que, entre nós dois, são 33 anos de diferença?

– Ora, eu não pedi pra me casar com você.

– Tudo bem, mas dá no mesmo. Eu estou começando a ser quase uma peça de antiquário, e não me parece o caso de... Ao passo que um homem da idade adequada...

– E qual seria a idade adequada? Um cara de 25 anos? De trinta? Ora, você já os observou? Já os ouviu falando? Sabe como se comportam? Esses aí não sabem nem como é feita uma mulher!

– Veja, para você eu sou um desejo passageiro, mas você, para mim, ameaçaria ser muito mais. Na minha idade...

– Chega dessa história de idade. E não creia que eu desejo você como poderia desejar um sorvete. A propósito, você tem?

– Sorvete? Sim.

Montalbano o tirou do congelador, mas não conseguiu cortá-lo, de tão duro que estava. Levou-o para a varanda.

– Creme e chocolate. Quer? – perguntou, sentando-se como antes.

E, como antes, ela lhe deu o braço e apoiou a cabeça em seu ombro.

Bastaram cinco minutos para que o sorvete pudesse ser tomado. E Adriana o saboreou em silêncio, mantendo-se sempre na mesma posição.

Depois, ao afastar dela o prato vazio, Montalbano percebeu que Adriana estava chorando. Sentiu um aperto no coração. Tentou tirar de seu ombro a cabeça da jovem para fitá-la no rosto, mas Adriana resistiu.

– Tem outra coisa que você deve considerar, Adriana. Ou seja, eu estou há anos com uma mulher a quem amo. E sempre procurei, como pude, ser fiel a Livia, que está...

– Indisponível – disse Adriana, erguendo a cabeça e fitando-o nos olhos.

Devia acontecer a mesma coisa aos castelos sitiados nas guerras de antigamente. Resistiam por muito tempo à fome, ao cerco, derramavam óleo fervente sobre os inimigos que escalavam as muralhas, pareciam inexpugnáveis. Mas um só tiro de catapulta, preciso, bem mirado, fazia desabar de repente o portão de ferro, e os sitiantes irrompiam já sem encontrar nenhuma resistência.

Indisponível: era essa a palavra-chave usada por Adriana. O que a moça havia percebido naquela palavra, quando ele a dissera? Sua raiva? Seu ciúme? Sua debilidade? Sua solidão?

Montalbano abraçou-a e a beijou. Os lábios dela tinham gosto de creme e chocolate.

E foi como afundar naquele tórrido calor de agosto.

Então Adriana disse:

– Vamos entrar.

Levantaram-se abraçados e, nesse momento, alguém tocou a campainha.

– Quem pode ser? – perguntou Adriana.

– É... é Fazio. Eu pedi que ele viesse. Tinha me esquecido.

Sem dizer uma palavra, Adriana foi se fechar no banheiro.

Fazio, assim que entrou na varanda, ao ver os dois copos e os dois pratinhos sujos de sorvete, perguntou:

– Tem outra pessoa aqui?

– Sim. Adriana.

– Ah. E agora ela vai embora?

– Não.

– Ah.

– Quer um copo de vinho?

– Não, senhor, obrigado.

– Um pouquinho de sorvete?

– Não, senhor, obrigado.

Claramente, Fazio estava incomodado pela presença da moça.

Dezenove

Fazia quase uma hora que estavam sentados na varanda. Mas a noite, embora já avançada, não trazia nenhum refresco. Pelo contrário: parecia que o calor se encarniçava cada vez mais, como se no céu, em vez de um pedacinho de lua, estivesse o sol a pino.

Quando acabou de falar, Montalbano olhou para Fazio com expressão interrogativa.

– O que você acha?

– Vossenhoria gostaria de convocar Spitaleri ao comissariado, submetê-lo a um interrogatório daqueles que duram um dia e uma noite e, quando ele estiver reduzido a um trapo, fazer aparecer na sala, de repente, a srta. Adriana, que ele nunca viu. É isso?

– Mais ou menos.

– E vossenhoria acredita que esse sujeito, ao ver diante de si a irmã gêmea da garota que ele matou, desmorona de repente e confessa?

– Pelo menos, é o que espero.

Fazio torceu a boca.

– Não está convencido?

– Doutor, aquele cara é um delinquente. É casca grossa, tem cabelo nas ventas. Assim que vossenhoria o chamar ao comissariado, ele fica na defensiva e se fecha, porque sabe que, do senhor, pode esperar o pior. É até possível que, se tomar um susto quando vir a senhorita, ele disfarce pra gente não perceber.

– Então, você acha que a surpresa do encontro seria inútil?

– Não, senhor, o encontro pode ser útil, mas me parece um erro que aconteça no comissariado.

Adriana, que até aquele momento se mantivera em silêncio, falou.

– Concordo com Fazio. O que não vai funcionar é o local.

– Qual poderia ser o local adequado, na sua opinião?

– Um dia desses me ocorreu que vai morar gente naquela *villa*, depois da regularização. E isso não me pareceu justo. Que naquele salão, onde Rina foi degolada, as pessoas ainda possam, sei lá, cantar, brincar...

Soltou uma espécie de soluço. Instintivamente, Montalbano pousou uma das mãos sobre a dela. Fazio percebeu, mas não demonstrou surpresa. Adriana se refez.

– Decidi conversar sobre o assunto com papai.

– O que você pretende fazer?

– Quero sugerir que ele venda nossa casa de Pizzo e compre a *villa*. Assim, o andar ilegal não será habitado por ninguém, ficará livre, em memória de minha irmã.

– E, com isso, onde você quer chegar?

– Você nos falou agora há pouco daquele contrato exclusivo com Spitaleri para a restauração da *villa*. Bem, amanhã de manhã eu vou à agência e digo àquele senhor, como se chama...

– Callara.

– Digo a Callara que nós queremos comprar a *villa*, antes mesmo da regularização. E que nos encarregaremos de tudo, todas as providências e despesas da regularização ficarão a nosso cargo. Explico nossas razões, sugiro que estamos dispostos a pagar bem. Vou convencê-lo, tenho certeza. Peço que ele me dê as chaves do andar habitável e me indique alguém para a restauração do andar ilegal. A essa altura, Callara será obrigado a me dar o nome de Spitaleri. Peço o telefone dele e...

– Espere um instante. E se Callara quiser acompanhá-la?

– Ele não vai fazer isso, se eu não disser exatamente quando irei. Não pode ficar dois dias à minha disposição. Além disso, creio que joga a meu favor o fato de termos uma casa a poucos metros da *villa*.

– E depois?

– Depois telefono a Spitaleri e peço que vá a Pizzo. Se eu conseguir que ele me encontre no andar de baixo, no salão onde matou Rina, e me veja ali pela primeira vez...

– Mas você não pode ficar sozinha com Spitaleri!

– Não vou estar sozinha, se você se esconder atrás daquelas madeiras...

– Como a senhorita sabe que existem essas madeiras no salão? – logo perguntou Fazio, que continuava sendo um tira competente, mesmo em uma casa amiga.

– Eu contei a ela – cortou Montalbano.

Caiu um silêncio.

– Tomando todas as precauções – disse o comissário, um tempinho depois –, talvez pudéssemos fazer isso...

– Doutor, posso falar livremente? – pediu Fazio.

– Claro.

– Com todo o respeito pela senhorita, a proposta não me agrada.

– Por quê? – perguntou Adriana.

– É perigosa demais, senhorita. Spitaleri anda sempre com uma faca no bolso, e é um homem capaz de qualquer coisa.

– Mas se Salvo também estiver lá, eu acho que...

Fazio não demonstrou surpresa nem mesmo por aquele "Salvo".

– Continuo não gostando. Não é correto que nós a coloquemos em perigo.

Discutiram por mais meia hora. No final, quem decidiu foi Montalbano.

– Faremos como Adriana propõe. Para maior segurança, você também estará por ali, Fazio, talvez com um outro agente nosso.

– Como vossenhoria quiser – disse Fazio, entregando os pontos.

Levantou-se, despediu-se de Adriana e se encaminhou para a porta, seguido pelo comissário. Mas, antes de sair, fitou-o nos olhos.

– Doutor, pense bem, antes de concordar definitivamente.

– Sente-se – disse Adriana, quando o viu retornar.

– Estou um tantinho cansado – respondeu Montalbano.

Alguma coisa havia mudado, e a jovem percebeu.

Em seu leito solitário, com o lençol úmido de suor, Montalbano passou uma noite infame, ora achando-se um babaca total, ora sentindo-se exatamente um São Luís de Gonzaga, um Santo Afonso de Ligório, em suma, um desses aí.

Montalbano recebeu o primeiro telefonema de Adriana no comissariado, às cinco da tarde do dia seguinte.

– Callara me deu as chaves. Está empolgado para vender logo. Deve ser muitíssimo pão-duro, porque, quando informei que nos encarregaríamos das despesas para a regularização do imóvel, ele quase se inclinou até o chão.

– Falou de Spitaleri?

– Me mostrou inclusive o contrato assinado com Speciale. E também me deu o número do celular de Spitaleri.

– Você telefonou?

– Sim. Falei diretamente com ele. Marcamos o encontro para amanhã, às sete da noite, na *villa*. E nós, o que vamos combinar?

– Nos encontramos lá por volta das cinco, para termos tempo de organizar tudo direitinho.

Já o segundo telefonema de Adriana foi dado para Marinella, quando já eram dez da noite.

– A enfermeira chegou agora. Fica até amanhã de manhã. Posso ir encontrar você?

O que significava isso? Que ela queria passar a noite com ele em Marinella?

Estava de brincadeira? Ele não conseguiria desempenhar mais um papel, o de Santo Antônio tentado pelo demônio.

– Veja bem, Adriana, eu...

– Estou supernervosa e preciso de companhia.

– Entendo perfeitamente, eu também estou nervoso.

– É só para um mergulho noturno. Ora, vamos.

– Por que não vai dormir? Amanhã será um dia pesado.

Risadinha dela.

– Sossegue, eu levo o maiô.

– Tudo bem.

Por que havia consentido? Por cansaço? Por causa do calor, que aniquilava a capacidade de decidir? Ou simplesmente porque sentia vontade, e muita, de revê-la?

A moça nadava que parecia um golfinho. E Montalbano experimentava um prazer novo e perturbador, ao sentir aquele corpo jovem ao lado do seu, fazendo os mesmos movimentos, como se houvesse um longo hábito de nadarem juntos.

Além disso, Adriana tinha tamanha resistência que não lhe seria difícil chegar até Malta. A certa altura, Montalbano não aguentou mais e começou a boiar. Ela voltou e ficou boiando bem pertinho dele.

– Onde você aprendeu a nadar?

– Quando eu era pequena, tive muitas aulas. Quando estou aqui, no verão, fico o dia inteiro no mar. Em Palermo, vou à piscina duas vezes por semana.

– Pratica muitos esportes?

– Frequento uma academia. E também sei atirar.

– É mesmo?

– Sim, eu tinha um... namorado, digamos, quase maníaco. Ele me levava a um estande de tiro.

Uma fisgada bem de leve. Não de ciúme, mas de inveja daquele garoto ex-digamos namorado que convivera com ela sem problemas e na idade certa.

– Vamos voltar? – propôs Adriana.

Voltaram com calma. Nenhum dos dois queria chegar ao fim daquela espécie de magia dos seus corpos, que não podiam se ver na escuridão da noite e que, por isso, se sentiam sobretudo mediante a respiração ou um contato ocasional.

E foi a dois ou três metros da margem, no ponto onde a água chegava à cintura, que Adriana, enquanto caminhava de mãos dadas com Montalbano, tropeçou numa lata que algum filho da puta havia jogado no mar, e caiu para frente. Montalbano, instintivamente, segurou-a pela mão, mas, talvez por ter-se desequilibrado, caiu também ele sobre a jovem.

Emergiram entrelaçados, parecia uma luta, ofegantes como depois de uma longa apneia. Adriana tropeçou de novo e ambos afundaram de novo, sempre abraçados. Vieram à tona ainda mais agarrados e depois se afogaram definitivamente em outro mar.

Quando, bem mais tarde, Adriana foi embora, para Montalbano teve início uma outra noite horrorosa, feita de mexe e remexe, de vira pra lá e pra cá, de quentura.

O calor, naturalmente. O sentimento de culpa, sem dúvida. Um pouco de vergonha, talvez. E até um tiquinho de autodesprezo. E por fim uma ponta de remorso.

Mas, sobretudo, uma grande melancolia resultante de uma pergunta que o pegara à traição: "Se não tivesse 55 anos, você saberia dizer não? Não a Adriana, mas a si mesmo?". E a resposta só podia ser uma: "Sim, você saberia dizer não". Aliás, já acontecera outras vezes.

"Então, por que agora cedeu àquela parte sua que você sempre soube manter sob controle?"

"Porque eu já não sou forte como antes. E sabia disso."

"Portanto, foi justamente a consciência de sua velhice próxima que o deixou fraco diante da juventude, da beleza de Adriana?"

E, também dessa vez, a amarga resposta foi sim.

– Dotor, o que foi?

– Por quê?

– Tá com uma cara... Tá se sentindo mal?

– Eu não dormi, Catarè. Me mande Fazio.

Fazio também não tinha boas caras.

– Esta noite, não preguei olho, doutor. Tem certeza do que estamos fazendo?

– Não tenho certeza de nada. Mas é a única saída.

Fazio abriu os braços, desanimado.

– Desde já, mande alguém ficar de guarda na *villa*. Não quero que algum imbecil entre no andar ilegal e ponha tudo a perder. Diga que ele estará liberado às cinco, porque a essa hora nós já estaremos lá. Além disso, providencie uma extensão elétrica de uns vinte metros com três tomadas. Compre três pendentes de luz para oficina, daqueles que têm a lâmpada protegida por uma gradezinha, sabe?

– Sei. Mas pra que o senhor precisa desse material?

– Vamos puxar a eletricidade a partir da tomada ao lado da porta da *villa* e levar até o andar ilegal, como fez Callara quando esteve lá com o projetista. Na extensão, conectamos os três pendentes, dois dos quais vão para o salão. Pelo menos teremos um pouquinho de luz.

– Mas, com toda essa traquitana, Spitaleri não vai ficar desconfiado?

– Adriana poderá dizer a ele que isso foi uma sugestão de Callara. Quem você vai levar?

– Galluzzo.

Não foi capaz de fazer nada, não atendeu a telefonemas, não assinou um só papel. Manteve a cabeça pertinho do miniventilador. Volta e meia lhe ocorriam imagens suas e de Adriana nadando na véspera e ele as cancelava imediatamente. Queria se concentrar no que poderia acontecer com Spitaleri, mas não conseguia. Para piorar, naquele dia a quentura do sol poderia assar uma lagartixa. Era como aqueles fogos de artifício, quando, perto do final, escancaram-se no céu os raios mais coloridos, explodem as bombas mais potentes: de igual modo, o mês de agosto, em seus últimos dias, disparava as jornadas mais ardentes, mais abrasadoras. Depois de um tempo que ele não soube calcular, Fazio apareceu e disse que estava com todo o material.

– Doutor, lá fora o calor está matando.

Combinaram de reencontrar-se às cinco na *villa*.

Montalbano não sentia vontade de sair do gabinete para ir comer. Aliás, nem sequer tinha fome.

– Catarella, não me passe telefonemas e não deixe ninguém entrar na minha sala.

Como na outra vez, trancou a porta com chave, tirou a roupa, orientou o miniventilador para a poltrona que ele deixara ao lado da escrivaninha, sentou-se. Pouco depois, caiu no sono.

Acordou às quatro. Foi até o banheiro, ficou pelado, tomou uma chuveirada com uma água tão quente que parecia xixi, vestiu-se de novo, pegou o carro e partiu rumo a Pizzo.

Em frente à *villa* estavam os carros de Adriana e de Fazio. Antes de descer, ele abriu o porta-luvas, pegou a pistola e meteu-a no bolso traseiro da calça.

Estavam todos no salão, no andar de cima. Adriana lhe sorriu e lhe estendeu a mão, desta vez gelada, um alívio.

Mostrava-se formal: talvez por causa da presença de Galluzzo?

– Fazio, trouxe o material?

– Sim, doutor.

– Façam logo a conexão da luz.

Fazio e Galluzzo saíram. Adriana nem esperou que eles chegassem à porta, já foi logo abraçando Montalbano.

– Eu te amo ainda mais.

E o beijou. Ele conseguiu resistir e afastou-a de leve.

– Adriana, procure me entender, eu preciso estar lúcido.

Um pouquinho decepcionada, a moça foi até o terraço. Ele correu à cozinha, e por sorte havia na geladeira uma garrafa de água fria. Para evitar complicações, não arredou pé dali. Pouco depois, ouviu Galluzzo chamá-lo.

– Doutor, quer vir ver?

Ele foi ao terraço.

– Venha comigo – disse a Adriana.

Fazio havia colocado uma das lâmpadas um tantinho fora do banheiro pequeno e as outras duas no salão. A luz, porém, mal bastava para ver onde estavam os pés: já os rostos eram como máscaras de meter medo, os olhos desapareciam, as bocas eram buracos negros, as sombras nas paredes se tornavam gigantescas. Tudo igualzinho a uma cenografia de filme de terror. Ali embaixo dava nas pessoas um sufoco, uma dificuldade de respirar, a impressão era de estar dentro de um submarino afundado havia anos.

– Tudo certo – disse Montalbano. – Vamos sair.

E, assim que chegaram lá fora, ele continuou:

– Convém tirarmos logo os carros daqui da frente. Deve ficar somente o carro da senhorita. Adriana, me dê a chave de sua casa.

Recebeu-a e passou-a para Fazio. Em seguida puxou do bolso a chave do seu próprio carro e a deu a Galluzzo.

– Você leva o meu. Estacionem os veículos nos fundos da casa da senhorita, de modo que não fiquem visíveis da estrada. Depois entrem na casa e se posicionem atrás de duas janelas diferentes para ver quando Spitaleri chega. Assim que ele aparecer, você, Fazio, me avisa com um toque no meu celular. Fui claro? Quando Spitaleri descer, vocês já devem ter chegado aqui correndo, e se plantem de modo que, aconteça o que acontecer, ele não possa escapar. Claro?

– Claríssimo – disse Fazio.

Ficaram uma hora abraçados no sofá e não trocaram uma só palavra.

Não porque não tivessem nada a se dizer, mas por sentirem que era melhor assim. A certa altura, o comissário olhou o relógio.

– Faltam dez minutos. Talvez seja melhor descermos.

Adriana pegou a bolsa que trouxera com os documentos da *villa* e colocou-a a tiracolo.

Quando já estavam no salão lá embaixo, Montalbano foi logo verificar como ficava, escondido atrás das madeiras embrulhadas em plástico. Havia pouco espaço, elas estavam muito próximas da parede. Suando e praguejando, deslocou-as, dando-lhes uma inclinação maior. Verificou de novo, agora ficava melhor, podia se mover sem problemas.

– Consegue me ver aqui? – perguntou a Adriana.

Nenhuma resposta. Ele adiantou a cabeça e viu a moça, no meio do salão, oscilando para a frente e para trás. Compreendeu imediatamente que, no último momento, Adriana fora tomada por um ataque de pânico. Correu para perto dela e a jovem o abraçou, trêmula.

– Estou com medo, muito medo.

Estava transtornada. Montalbano se xingou de cretino, não tinha pensado o quanto o fato de estar naquele lugar influiria nos nervos da moça.

– Vamos deixar pra lá, vamos embora.

– Não – disse ela. – Espere.

Ela estava fazendo um esforço enorme para se controlar, e isso era perceptível.

– Me dê... me dê sua pistola.

– Por quê?

– Eu fico com ela. Vou me sentir mais segura. Coloco dentro da bolsa.

Montalbano puxou a arma, mas não a deu a Adriana. Estava indeciso.

– Adriana, entenda que...

E naquele momento os dois ouviram, bem próxima, a voz de Spitaleri.

– Srta. Morreale, está aqui?

Devia estar chamando da janela do banheiro pequeno. Por que o celular não tinha funcionado? Talvez porque ali embaixo não havia cobertura? Com um gesto rápido, Adriana tirou a pistola da mão do comissário e meteu-a na bolsa.

– Estou aqui, sr. Spitaleri – disse, repentinamente calma, com uma voz quase alegre.

Montalbano mal teve tempo de se esconder.

Ouviu os passos de Spitaleri entrando no salão. E de novo a voz de Adriana, mas dessa vez transformada, melodiosa, como a da adolescente que ela havia sido:

– Venha, Michele.

Como sabia o primeiro nome de Spitaleri? Tinha-o lido nos documentos que recebera de Callara? E por que o tratava com essa intimidade?

E depois houve um silêncio. O que estava acontecendo? De repente o comissário ouviu uma risadinha, mas entrecortada, como se fosse feita de muitos pedacinhos de vidro caindo no chão. Era Adriana que ria assim? Em seguida, finalmente, a voz de Spitaleri.

– Você... você não é...

– Quer experimentar de novo comigo, hein? Experimente, Michele. Veja. O que acha?

O comissário escutou um ruído de tecido rasgado. Nossa Senhora, mas o que Adriana estava fazendo? E então veio o berro de Spitaleri.

– Vou matar você também! Sua puta! Você é uma rameira pior do que sua irmã!

Montalbano saltou para fora do esconderijo. Adriana abrira a camiseta, rasgando-a, e seus seios estavam à mostra. Spitaleri empunhava uma faca e estava avançando contra ela. Caminhava rígido, parecia um boneco mecânico.

– Parado! – gritou o comissário.

Mas Spitaleri nem o escutou, deu mais um passo. E Adriana o alvejou. Um tiro só. No coração, tal como treinara no estande. Enquanto Spitaleri caía em cima do baú, Montalbano correu até Adriana e tirou-lhe a pistola da mão. Fitaram-se, muito próximos. E então o comissário, sentindo que a terra afundava sob seus pés, compreendeu.

Fazio e Galluzzo entraram correndo, armas em punho, e pararam de chofre.

– Ele tentou com ela também – disse Montalbano, enquanto Adriana procurava cobrir os seios com a camiseta rasgada. – E eu tive que atirar nele. Vejam, ainda está segurando a faca.

Jogou a pistola no solo, saiu do salão e, assim que se viu fora do andar ilegal, começou a correr como se estivesse sendo perseguido. Desceu de dois em dois os degraus da escada que levava à praia e, já na areia, ficou totalmente nu, sem dar a mínima para um casal que o observava, perplexo, e se atirou no mar.

Nadava e chorava. Pela raiva, pela humilhação, pela vergonha, pela decepção, pelo orgulho ferido.

Por não ter se dado conta de que Adriana se servia dele para alcançar seu objetivo, que era o de matar com as próprias mãos a pessoa que degolara sua irmã.

Com o fingido "eu te amo", com a fingida paixão, com o fingido pavor, a moça o levara passo a passo até onde queria chegar. Ele havia sido um fantoche nas mãos dela.

Tudo havia sido um teatro, uma ficção.

E ele, velho, deslumbrado pela beleza e perdido ante aquela juventude que o embriagava, havia caído, aos 55 anos completos, como um garotinho.

Nadava e chorava.

IMPRESSÃO:

PALLOTTI
GRÁFICA

Santa Maria - RS | Fone: (55) 3220.4500
www.graficapallotti.com.br